SOPHIE DE VILLENOISY

# *Courage, rions !*

ROMAN



JC LATTÈS

ISBN : 978-2-253-24207-9 – 1re publication LGF

« Je me presse de rire de tout,
de peur d'être obligé d'en pleurer. »

BEAUMARCHAIS, *Le Barbier de Séville*.

# Acte I – LE RIRE JAUNE

# 1

Françoise m'a dit : « J'ai pensé que ça te ferait du bien. »

Très bien.

Voir les copains, dessiner en musique, se rouler dans la boue (quand on a des poils et une queue), se taper la cloche, rouler à moto, nager à poil, boire une bière bien fraîche, piquer un roupillon, tirer un coup, regarder le soleil se lever, finir un Sudoku aux toilettes, d'accord.

Mais depuis quand un « stage de rire » fait du bien ?

Remarque, elle n'a pas dit « J'ai pensé que ça te ferait plaisir », mais plus exactement « Tu râles tout le temps, alors j'ai pensé que ça te ferait du bien ».

Mais Françoise qu'est-ce qui t'est passé par la tête ? Qu'est-ce que je t'ai dit (ou pas dit d'ailleurs) pour que tu penses un beau matin, tiens, pour l'anniversaire de Jean, je sais ce qui lui ferait du bien : un stage de rire ?

Eh bien non, Françoise ! On a beau être mariés depuis vingt-sept ans, c'est mal me connaître ! Je te le dis, Françoise, passer deux jours à rire sur commande avec des gugusses en sarouel ne me fera pas du bien. D'ailleurs, rien que d'y penser ça me fiche le bourdon. Je te l'ai pas dit, mais j'en ai presque chialé. Des années que ça ne m'était pas arrivé, tu me connais (enfin non apparemment), je n'ai pourtant pas la larme facile. Mais en regardant de plus près cette brochure aux couleurs criardes, avec en prime la photo de Marie-Christine, « rigologue », qui me fixait l'œil éteint, figée dans un rictus hilare, je me suis senti soudain seul. Abandonné. Comme un clebs sur une aire d'autoroute.

J'ai pas compris.

C'est comme si tu m'avais trompé.

Ou pire, quitté.

Avec ce cadeau, je me sens cocu, Françoise ! Cocu et mal aimé.

Elle m'a dit : « J'ai eu l'idée au boulot, à l'hôpital, en voyant les clowns. » Je ne vois pas bien le rapport entre des gosses cancéreux et moi. Je vais très bien moi, hormis une hernie discale, une andropause précoce, un léger excédent pondéral, et le genou un peu raide (accident de moto, une mauvaise manœuvre en sortant la Gold Wing du garage, bref), je suis en parfaite santé !

Je ne suis pas désespéré au point d'avoir besoin de nez rouges en blouses blanches pour me faire des risettes !

Non Françoise, c'est toi qui m'inquiètes.

Tu n'avais pas le droit de me faire ça. Pas toi. Tu te rends compte que j'ai dû me réfugier dans mon atelier, pour pas que tu m'accuses, *encore,* de faire la gueule ? Dans ma cabane au moins je ne dérange personne, c'est encore là que je me sens le mieux, même si avec toute cette humidité maintenant on dirait un caveau, bref.

Dans un sursaut de fierté j'ai relevé la tête avec cette envie impérieuse de voir la mer, pour me rincer les yeux dans tout ce bleu qui ne cesse de m'émerveiller et dans lequel j'ai passé des journées, les plus belles de ma vie, quand j'étais môme. Infatigable avec mes méduses aux pieds, à titiller, dénicher, débusquer des crabes. Mais les carreaux étaient trop sales. Je ne m'en étais même pas rendu compte. Depuis combien de temps j'ai la vue bouchée ?

# 2

« Regarde, marrant, non ? » Françoise a jugé bon de me faire suivre une photo de Chantal, sa collègue, qui est tombée ce week-end sur mon album *Au secours j'ai épousé une Bretonne* dans un vide-greniers à Fougères. Elle lui a montré et Françoise s'est empressée de la partager avec moi. Non, Françoise, pas marrant, pas marrant du tout même. La vérité, c'est que j'ai trouvé ça sinistre. Ça me fait mal. Toutes ces semaines, ces jours, ces heures, penché sur ma table à dessin, à crayonner, encrer, et finaliser les couleurs (au pinceau !), à enchaîner les nuits blanches pour boucler l'album dans les temps. Et le voir là, abandonné au crachin et aux courants d'air, sur un bout de tissu détrempé… Tout ça pour ça. Ça m'a fait le même effet que la photo de Mitterrand sur son lit de mort. C'est mon cadavre sur ce bout de trottoir. Françoise, un vide-greniers, c'est quand on se débarrasse de toutes ses vieilles merdes ! Alors, explique-moi en quoi c'est « marrant » ? Tu te doutes bien que ce n'est pas très flatteur pour moi ? Ce n'est pas comme si Chantal t'envoyait une photo d'un de mes albums en tête de gondole. (Jamais arrivé.) Mais je n'ai rien dit. J'ai fait bonne figure en envoyant un smiley (celui qui fait un clin d'œil) et j'ai entrepris de faire moi aussi le « tri » dans mon atelier. Si quelqu'un doit jeter mes dessins, autant que ce soit moi. C'est moins humiliant. En fourgonnant je suis retombé sur des esquisses, de l'époque où tu posais pour moi. Tu te souviens Françoise ? Il y a combien de temps de ça ? Vingt-cinq ans ? Tu avais les cheveux longs et tu en jouais pour dissimuler ta poitrine. On rigolait bien à l'époque. J'avais même pensé faire un album de Kamasutra. C'était ma période Manara (vite abandonnée pour des raisons évidentes de style). Aujourd'hui notre vie sexuelle a un peu moisi, à l'image de ces feuilles de papier Canson, j'ai perdu l'appétit et toi tu m'évites. Le soir je t'entends te déshabiller dans le noir, tu attends que la lampe soit éteinte, qu'il n'y ait aucun rai de lumière des fois que j'apercevrais un bout de ton corps, de ta peau. Finie l'époque innocente où tu te baladais à poil, où parfois on se douchait ensemble. Tu caches tes plis et tes vergetures et moi mon bide et ma libido en berne. Vingt-sept ans ont passé, nos corps ont changé. Ils se sont tassés, enveloppés, boudinés. Ils ont perdu leur souplesse et l'éclat de la jeunesse. Mais la vérité, Françoise, c'est que même un peu tombants, tes seins sont toujours beaux. Ils racontent une histoire, *notre* histoire. Je te revois enceinte des jumeaux, tu râlais parce que ta poitrine était devenue énorme, tout en rayonnant de bonheur. Et c'est vrai qu'elle était énorme. Deux pastèques prêtes à exploser. Une vraie torture. J'avais interdiction d'y toucher tant elle était devenue douloureuse et sensible. On souffrait tous les deux, mais pour des raisons différentes. Tu étais si belle et j'étais si fier ! J'avais réussi, remporté le jackpot, tiré dans le mille du premier coup ! Paf des jumeaux ! Merci les grandes marées ! Ensuite tu les as nourris pendant des semaines. Aujourd'hui tes seins ont perdu de leur superbe, c'est vrai, mais ils continuent de me bouleverser, même si je ne suis malheureusement plus très en mesure de le manifester. Peut-être même encore plus qu'avant. Alors que mes couilles, elles, n'ont rien d'émouvant. Elles se contentent de pendre dans le vide de mon existence.

# 3

« Tu as appelé au moins ? »

Non, je n'ai pas appelé. J'ai envie de parler à Marie-Christine, rigologue, comme de me refaire examiner la prostate. Encore une de tes initiatives. « Mais va voir un andrologue, ne fais pas l'enfant, bon sang ! » Je ne fais pas l'enfant, c'est toi qui as la fâcheuse manie de me traiter comme tel, surtout depuis le départ d'Erwan et Gwenaëlle. « Une bière ? À cette heure ? » « Tu mets trop de sucre dans ton yaourt. » « Les produits laitiers sont mauvais pour la santé, tu ne les digères pas. » (Première nouvelle.) « Ce n'est pas normal de rester aussi longtemps aux toilettes ! » Tu m'as tellement tanné que j'ai fini par y aller, comme toujours. Tu es très forte à ce petit jeu. Avec les années, ton travail de sape s'est même amélioré. En plus des remarques qui arrivent de nulle part, comme les balles d'un sniper savamment positionné, j'ai droit aux soupirs et aux regards appuyés. Quand ce n'est pas un article que tu as lu, une collègue qui t'a alertée, c'est un « patient » à l'hôpital qui souffre des mêmes symptômes et à qui on a diagnostiqué un cancer de la prostate.

Bien joué sur ce coup-là, tu as réussi à me faire flipper et je suis allé le voir, ton satané andrologue. Merci. Et le pire c'est que *tu savais*, tu savais ce qu'il allait me faire et tu t'es bien gardée de me mettre dans la confidence. Je revois ton sourire contrit quand je suis revenu du rendez-vous « Oh ça va ! C'est pas la mort ! Si tu savais ce qu'on endure, nous les femmes. Chaque mammographie est une véritable torture ! Et tu crois que ça m'amuse de faire un frottis tous les six mois ? Bon ça va, y a pas mort d'homme non plus ! Alors ? Qu'est-ce qu'il a dit ? »

Andropause précoce. À confirmer avec les analyses. Et tu as pris cet air entendu qui m'agace tant, « Je le savais ». Comme si bosser dans un hôpital faisait de toi un médecin. Commence déjà par respecter le secret médical.

Alors tu comprendras que je me méfie de ta Marie-Christine, « rigologue », avec elle, je m'attends au pire. Chat échaudé craint l'eau froide, comme disait ma grand-mère.

Qu'est-ce que vous me réservez toutes les deux ?

Marie-Christine a prévu de me chatouiller la glotte ?

# 4

« Les enfants t'ont écrit pour ton anniversaire ? »

Tu sais bien que non, Françoise, les enfants n'écrivent pas, ils « communiquent » via Instagram et Face de bouc. Ils postent des photos à leur communauté. Je dois les « follower » ou les « liker » pour savoir où ils en sont de leur tour du monde. La dernière fois qu'ils ont donné des nouvelles, c'était depuis la Chine où apparemment ils ont fait une halte dans une école de kung-fu. Je suis heureux pour eux bien sûr, ils ont raison de voyager. Ils sont à l'âge où on s'émerveille encore de tout. Je sais qu'Erwan et Gwenaëlle sont prudents et qu'ils veillent l'un sur l'autre. Mais je ne peux pas m'empêcher de regretter l'époque où c'est moi qui veillais sur eux. Avoir des jumeaux présente des avantages et des inconvénients. Avec eux pas le temps de tergiverser, on est rentrés de plain-pied dans la parentalité. Tu as repris le travail à l'hôpital, pas le choix. Je ne vivais pas encore de mes dessins, alors tu enchaînais les gardes de nuit, mieux payées. Moi, j'essayais d'être créatif, de décrocher des contrats tout en changeant les couches. J'enchaînais les lessives, la bouffe et les courses, j'étais le roi des purées carotte-Kiri. C'était rock'n'roll, mais tellement vivant. Avec le recul, je crois qu'on n'a jamais été aussi heureux. *Je* n'ai jamais été aussi heureux. Et pourtant c'était l'enfer, ils étaient au même rythme, attrapaient les mêmes virus, les mêmes gastros, leurs dents perçaient en même temps ! Mais ils étaient sympas, rigolards, joyeux, câlins. Je ne me lassais pas du spectacle de leurs petites fesses dodues (avec cette petite fossette adorable juste au-dessus, tu te souviens ?). Ils se rendormaient avec toi, quand tu rentrais de l'hôpital au petit matin. Je vous regardais, tous les trois lovés comme une portée de chatons. Vous étiez beaux. Les enfants m'admiraient, je leur dessinais leurs super-héros, jusqu'à ce qu'ils se prennent de passion pour les jeux vidéo. Mais j'enchaînais les collaborations et les albums. Ça roulait. J'avais même droit à des articles dans les pages locales de *Ouest-France*. Les enfants chantaient à tue-tête « Papa est dans le journal ! ». Et puis il a fallu leur faire de la place, à treize ans Gwenaëlle a voulu sa propre chambre (mon bébé avait des seins, l'autre de la moustache !) et j'ai fait mon atelier dans la cabane du jardin.

Est-ce que c'est là que ça a commencé à déconner ?

Pourtant j'étais peinard, avec vue sur la mer (en se penchant bien), ma musique, ZZ Top, Dire Straits, les Pink Floyd, Patti Smith, la crème du rock. Mes pantoufles aux pieds (et plus personne pour me vanner), c'était le pied (sans mauvais jeu de mots), j'étais au top de la béatitude pour dessiner. Et d'un coup, on a fêté tes cinquante ans Françoise, tes pattes d'oie t'allaient à ravir, tu étais magnifique, comme toujours. Deux ans plus tard, c'était mon tour. Je n'ai jamais aimé fêter mes anniversaires, et celui-là n'a pas dérogé à la règle, il m'a fait l'effet d'une douche froide. Tu as insisté pour qu'on marque le coup, on s'est fait une virée en amoureux à Paris pour un concert. C'était exactement ce dont j'avais besoin. Voir Bruce Springsteen sur scène. Prendre un bon gros shoot d'adrénaline, vibrer à l'unisson devant le Boss, magistral dans les jeux de lumière. J'en ai pris plein la gueule. Une vraie leçon de vie. On a même fait l'amour ce soir-là dans notre minuscule chambre d'hôtel comme des amants clandestins. Et six ans plus tard, j'ai droit à quoi ? Un putain de stage de rigologie. Et pourquoi pas une thalasso pour mes rhumatismes pendant que tu y es ? J'arrête pas d'y penser, ça tourne en rond dans ma tête, mais pourquoi ? Pourquoi ? J'ai une boule coincée dans la gorge qui veut pas sortir. Alors je m'accroche, je serre les dents. Je me concentre sur le positif. J'essaie de voir le verre à moitié plein. Didier m'a dit qu'il avait vendu un de mes albums la semaine dernière et j'ai ce festival à Ploërmel dans un mois. Mais je digère pas et crois-moi, ça n'a rien à voir avec les produits laitiers, Françoise.

# 5

« Bonjour, c'est Marie-Christine, votre rigologue, je voulais m'assurer que vous aviez bien toutes les dates de stage pour confirmer votre venue, au revoir et au plaisir de rire ensemble ! »

Ça y est, elle a pété une durite, elle m'appelle maintenant. C'est Françoise qui a dû lui donner mon numéro, je l'entends déjà : « Il est un peu réticent, ce serait bien que vous lui passiez un petit coup de fil… »

Je te retiens, Françoise. Tu en as beaucoup en stock des idées comme celle-là ? Ça ne t'a pas suffi le coup de la teinture ? Ou tu veux que je te rafraîchisse la mémoire ?

J'hésitais à couper mon catogan – sans avoir de calvitie, il était un peu moins fourni et faisait grise mine – tout en redoutant de me retrouver avec la tête de mon père. Tu m'as alors dit que tu *savais* comment me donner un petit coup de jeune, en toute *discrétion*. Ni une ni deux, tu as sorti ton barda pour la teinture, en m'assurant que le résultat serait « génial », que je pouvais te faire confiance, tu t'en faisais une tous les mois. Le hic, c'est que nous n'avons pas la même carnation, Françoise, je suis châtain foncé, tu es brune. Eh oui, ça fait une sacrée différence (je suis bien placé pour le savoir, je fais moi-même les couleurs de mes albums). Résultat je me suis retrouvé avec la chevelure de Dick Rivers, au foot, les copains se sont bien foutus de ma gueule (et je leur donne moi-même suffisamment de raisons de le faire sur le terrain), et j'ai dû vivre avec des cheveux couleur réglisse pendant un mois, le temps que ça pousse un peu et que le coiffeur fasse place nette. Bien joué Françoise. Alors tu comprendras que ta Marie-Christine, je ne suis pas près de la rappeler. Je suis peut-être en perte, mais j'ai encore ma dignité. Elle peut courir pour que je me pointe à son stage, tu n'as qu'à te faire rembourser. Ou mieux, tu n'as qu'à le faire toi-même, ce stage, il a l'air de tellement te tenir à cœur. C'est pour moi, c'est cadeau.

# 6

« Tu as encore ronflé cette nuit. »

J'ai surtout encore fait ce cauchemar, un camion perd sa semi-remorque qui me fonce droit dessus à vive allure, j'essaie de lui échapper, mais je suis toujours trop lent, trop lourd, mon genou me freine et m'empêche de courir. Et je me réveille en sursaut quand l'engin devenu incontrôlable s'apprête à m'aplatir. Horrible.

Après ça, impossible de retrouver le sommeil. Je reste allongé dans le noir, tétanisé par l'angoisse. J'ai du mal à respirer, comme si le camion m'avait réellement broyé le corps et les poumons. J'ai l'impression de me déglinguer de partout, comme une vieille bécane. À la différence que je n'ai pas de pièces de rechange. Alors je me tourne vers ta silhouette endormie, je m'accroche à ta respiration, paisible et régulière. Je me retiens de te serrer contre moi. Je ne veux pas te polluer avec mes idées noires. Qu'est-ce qui déconne chez moi ?

Je ne t'en ai jamais parlé Françoise, parce que je préfère que tu m'emmerdes avec mes histoires de ronflements plutôt qu'avec tes devinettes freudiennes. Et puis je te connais, tu es pire qu'un pitbull, tu ne lâches rien, jamais.

Comme la fois où tu as voulu reprendre tes études pour devenir infirmière à quarante ans. Tu supportais de moins en moins le métier d'aide-soignante, tu en avais fait le tour, tu voulais évoluer, améliorer le quotidien. Mais ça ne s'est pas fait en un claquement de doigts. Toi qui avais arrêté l'école à seize ans, tu étais perdue, tu ne te sentais pas à ta place au milieu de ces jeunes étudiants, tu te posais beaucoup de questions, tu avais peur de ne pas être à la hauteur, mais tu t'es accrochée, pendant trois ans, tu as ravalé tes doutes et tes larmes, tu as bûché toute seule sur tes livres, tu voulais que les enfants soient fiers (ils l'étaient déjà) et tu as réussi Françoise ! Tu as réussi. Tu t'es autorisée à craquer le jour de la remise des diplômes. On avait tous la larme à l'œil. Tu rayonnais dans ta jolie robe achetée pour l'occasion. Et le soir même pour fêter ça, je m'en souviendrai toute ma vie, tu m'as fait le « coup de l'infirmière ». Tu t'es pointée devant moi, nue sous ta blouse blanche avec tes porte-jarretelles et tout le tralala. Tu avais préparé ton petit scénario en douce. J'étais baba. J'étais ému, excité, heureux, surpris, ébloui, admiratif.

Est-ce que je t'ai seulement déjà fait cet effet-là ?

Tous les jours je mesure ma chance de t'avoir à mes côtés. Sauf qu'avec les années, je me sens de moins en moins à la hauteur. J'ai l'impression de ne plus avoir grand-chose à t'offrir, d'être devenu un boulet.

Les enfants voyagent, à vingt-quatre ans ils en savent presque plus que moi sur la vie. Je n'ai pas vu le tiers des pays qu'ils visitent. Et toi, tu me connais tellement par cœur, je suis comme un meuble, un vieux bahut, je prends la poussière et trop de place.

Non seulement je ne te fais plus rire, ni jouir, mais je t'agace. Je te dérange, je suis sur ton passage, je ronfle, je reste trop longtemps sous la douche, aux toilettes. Je ne suis plus source d'aucune joie.

La vérité, c'est que mon avenir est derrière moi. Si je ne publie pas de nouveaux albums, je risque de devenir un poids financier. Aujourd'hui, après plus de vingt-cinq ans de métier, je gagne des clopinettes. Et je n'ai toujours pas trouvé la formule magique pour dessiner un best-seller. À mon tour j'ai le sentiment d'avoir fait le tour de mon métier, mais la solution ne se trouve hélas pas dans les livres. Mon esprit est à sec, il ne bouillonne plus. J'ai plus de jus. Y a rien qui sort sous mes crayons. Sans compter que je me sens de plus en plus perdu dans cette jungle éditoriale où je fais figure de dinosaure. Si je ne me renouvelle pas, je serai amené à disparaître, comme eux. J'ai peur qu'il ne soit déjà trop tard.

Pourtant je m'accroche. Pour toi, pour Erwan et Gwenaëlle, parce que, moi aussi, je veux vous rendre fiers. Parce que même si je claudique, je suis encore debout.

Heureusement il y a les fans, les collectionneurs, les copains (ceux qui restent). Ensemble on partage nos galères, nos soucis, nos états d'âme.

Quand ils vont apprendre pour le stage (il vaut mieux que ce soit par moi d'ailleurs)… ils vont bien se foutre de ma gueule !

Je les entends déjà : « Alors Jeannot, ça se passe bien tes cours de rigologie ? Tu apprends bien tes blagues ? T'as la moyenne au moins ? »

Mais merde, on n'est pas des machines non plus. Regarde les Rolling Stones, ils n'ont plus jamais fait de (vrai) tube depuis *Start Me Up*. Et contrairement à ce qu'a l'air de croire *ta Marie-Christine*, rigologue, l'humour, ce n'est pas comme un juke-box, il ne suffit pas de mettre une pièce et d'appuyer sur un bouton pour déclencher un fou rire. Qu'est-ce qu'elle s'imagine ? C'est tout un art. Le rire doit être nourri. Pour chacun de mes albums, je me suis creusé les méninges, j'ai transpiré sur ma table à dessin comme un boulanger sur son pétrin, pour le provoquer chez mes lecteurs. Le rire naît d'un trait, d'un mouvement, d'une situation, d'un dialogue. C'est un travail de précision, de l'artisanat, de l'orfèvrerie ! À ton avis, pourquoi j'ai vendu douze mille exemplaires (onze mille sept cent quatre-vingts pour être exact) de mes *Papy Bikers* ? Cette rigologue (tu parles d'un titre) doit être comme toutes ces bonnes femmes qui croient pouvoir tout contrôler. Maintenant elles veulent tellement le pouvoir qu'elles congèlent même leurs ovocytes (les plus cinglées congèlent carrément leurs bébés).

Alors pour me faire rigoler, elle me fait rigoler, Marie-Christine !

## 7

« Oui, pourquoi pas ? Faut voir… »

Voilà ce qu'a répondu Didier à ma proposition d'exposer quelques planches originales dans sa librairie. L'idée m'est venue quand il m'a dit avoir vendu un ou deux, je ne sais plus, de mes albums. Il m'est déjà arrivé d'en céder via des sites dédiés à la BD ou à la demande expresse de collectionneurs, mais je me suis dit que cela aurait plus de « gueule » dans un magasin, spécialisé de surcroît. C'est comme une expo, quoi. Le mieux serait de le faire avant Noël, et ce serait aussi l'occasion de dédicacer quelques albums. Ça me ferait une « actu », comme on dit. Je pourrais annoncer l'évènement sur Facebook. Certaines planches peuvent se vendre quatre cents voire même cinq cents euros. Bien sûr, ça dépend de la renommée de l'auteur, du travail fait dessus, de la composition et du succès de l'album… mais qui sait ? Pour l'ensemble, je pourrais peut-être en tirer mille ou deux mille euros ? Sans compter ma pièce phare, le dessin original (à l'encre de Chine) que j'ai fait pour l'affiche du festival de BD de Perros-Guirec en 1999. Evidemment, Didier aurait sa commission et ça, je lui ai dit : « peut-être pas fifty-fifty, mais quarante-soixante ? » (Pour moi.) Ça me paraît normal, c'est son local, son listing, on partagerait les frais pour les cacahouètes et le vin. Quelque chose de simple, mais chaleureux. Ce serait l'occasion de mettre en avant des albums et du beurre dans les épinards. Et puis ça me ferait plaisir.

Ça me remettrait dans le coup.

Ce matin, j'ai reçu le solde des comptes et c'est la misère. À peine trois mille euros de droits d'auteur tous albums confondus. Je ne sais pas comment c'est possible, mais apparemment, je suis passé de 10 à 8 % (4 % quand je n'ai pas écrit le scénario). Et le pire c'est que je ne suis pas en position de râler, je dois dire merci pour les miettes. Après vingt-cinq ans d'expérience, je suis revenu au tarif débutant. Retour à la case galère.

# 8

— Et tu as pensé à le remercier ? m'a demandé Françoise quand je lui ai fait part de ma « future » expo chez *Didier Bulles*.

Et c'est à ce moment que j'ai su qu'elle n'aurait jamais lieu. Pour une raison qui m'échappe encore, Françoise a cru bon de faire participer Didier à mon cadeau d'anniversaire, ce putain de stage de rigologie. Je suis atterré. Comment perdre toute crédibilité en quelques minutes. Aux yeux de Didier, je suis devenu un éclopé de l'humour, un ringard, un *never been* comme disent les jeunes (ceux de mon époque). Comment Françoise a-t-elle pu me faire un coup pareil ? Je suis dévasté. Quel besoin a-t-elle eu de me griller auprès de mes contacts professionnels ? Solliciter Didier comme si on fêtait mon départ à la retraite ? On n'est pas à la Poste, merde ! Pour qui je passe, moi, maintenant ? Et je n'ose même pas imaginer ce qu'elle s'est sentie d'ajouter : « Ça lui fera du bien, ce n'est pas facile pour lui en ce moment, il a peu d'occasions de se réjouir. »

Je voudrais disparaître. Sous un camion, tiens.

Et bien sûr Françoise ne comprend pas « où est le problème ».

— Mais tu fais des histoires pour rien ! Ce n'est qu'un stage de rigologie ! Et qu'est-ce que tu as à perdre ?

Ma fierté, mon amour-propre, Françoise.

— On t'offre un cadeau, je me creuse la tête pour te faire plaisir, pour te secouer un peu…

« Te secouer un peu. » Quelle condescendance, Françoise. Mais le pire, c'est qu'elle ne s'en rend même pas compte. Le pire, c'est qu'elle croit vraiment bien faire.

— Tu serais contente si je t'offrais des cours de cuisine ? j'ai dit. Tu le prendrais comment ?

— Mais je serais ravie ! J'adore cuisiner, je manque juste de temps ! J'adorerais apprendre à faire des rouleaux de printemps ou des sushis !

La mauvaise foi incarnée.

— Mais parce que c'est un loisir ! Tu ne vois pas comme c'est insultant pour moi ? Et pourquoi pas m'offrir des cours de dessin pendant que tu y es ? Et tu pourrais même demander un petit billet à mes éditeurs ?

J'étais hors de moi. Bien sûr Madame a réponse à tout.

— Et pourquoi pas ? Tu dessines la même chose depuis vingt ans, il n'y a pas d'âge pour apprendre !

Je suis resté pantois.

— Il faut sortir de ta grotte de temps en temps ! Tu es tellement borné, tu dis non à tout, quand Erwan t'a proposé son aide pour faire un site web tu as refusé comme toujours, Monsieur Non !

Parce que c'est *mon* rôle d'aider mon fils, pas le contraire.

Dans ses yeux j'ai vu de la pitié. À quand le mépris ?

Qu'est-ce qui nous arrive Françoise ? Je sais bien que je ne t'ai pas donné beaucoup de raisons d'être fière ces derniers temps, mais quand même.

J'ai déjà perdu ma fierté, ma jeunesse, l'admiration de mes enfants, ma virilité, mon inspiration, mon amour-propre, je ne peux pas te perdre toi. Et même si une fois de plus tu fais preuve d'une extraordinaire mauvaise foi (si y en a un qui doit se sentir offensé dans l'histoire, c'est moi), j'abdique, je me rends.

Je vais accepter ton cadeau, ta « main tendue », sortir de ma grotte comme tu le dis si gentiment, je vais la rencontrer *ta* Marie-Christine avec ses cheveux orange (sans doute sa façon subliminale de dire « Je suis tout feu tout flamme », ou encore « Avec moi, vous allez péter le feu »). Mais, sache que tu m'envoies à l'abattoir et que je chiale déjà comme un veau.

# Acte II – LE RIRE SUR ORDONNANCE

# 9

— Nous allons tous saluer Jean qui nous a rejoints avec un peu de retard, mais ce n'est pas grave, approche Jean ! N'aie pas peur, avance et présente-toi au groupe !

J'ai manqué faire demi-tour à plusieurs reprises sur les cinq kilomètres de trajet, j'ai même cru à un feu rouge que je faisais une crise d'angoisse, le cœur qui pulsait à 140, mais me voilà face à Marie-Christine, penaud et le cul serré, tel un enfant de chœur à la vue du curé.

— Bonjour tout le monde, désolé pour le retard, j'ai dû m'arrêter faire le plein, alors voilà, je m'appelle Jean, j'ai cinquante-six ans, je suis dessinateur et j'habite à Saint-Lunaire.

— Bonjour Jean !

Le petit groupe me regarde d'un air benêt. Heureusement pour moi, j'ai souvent été amené à prendre la parole en public, que ce soit en festival ou en ateliers scolaires. Et ce ne sont pas quatre dépressifs et une fausse rousse qui vont me déstabiliser.

— Bonjour Jean, alors moi c'est Cathy, j'ai cinquante-cinq ans, glousse-t-elle, je suis assistante commerciale, mais au chômage... et j'habite Dinard !

Elle rit presque en disant ces mots, comme si elle avait balancé une bonne vanne. Pourtant elle ne doit pas beaucoup se marrer devant le miroir. Petite, tassée, les cheveux courts à la Betty Boop, Cathy a tout du cas désespéré de Pôle Emploi. Et si j'en crois ses traits bouffis et son ventre proéminent, elle a souvent recours à la bibine. À la tienne Cathy !

— Bonjour Jean, moi c'est Nicolas, j'ai vingt-huit ans, je suis étudiant et je viens de Rennes.

Et apparemment tu es aussi fumeur de beuh et adepte des scarifications. Les cheveux longs ramassés en chignon, le teint blafard et les cernes noirs, Nicolas m'a l'air de sortir tout droit d'un séjour en hôpital psychiatrique. Je lui souris tout en ayant une pensée reconnaissante envers Erwan et Gwenaëlle.

— Bonjour Jean, je m'appelle Jacques, j'ai soixante-douze ans et je suis ingénieur à la retraite. J'habite également Dinard, mais j'ai fait toute ma carrière à Paris.

Si je devais dessiner Jacques, ce serait en croque-mort. Grand, maigre, il personnifie à lui seul l'expression « vieille branche ».

— Bonjour, moi c'est Hélène, j'ai trente-huit ans et je suis secrétaire médicale à Fougères. Mais je suis actuellement en arrêt maladie…

Petite nana toute svelte, les cheveux courts et légèrement clairsemés, Hélène ressemble à une marathonienne au bord de l'épuisement. Je parie pour une course contre la maladie.

Une fois de plus, je maudis intérieurement Françoise, tout en faisant tout pour cacher mon malaise grandissant. C'est pire que ce que je craignais. Sartre a bien raison, l'enfer, c'est les autres, surtout quand ils s'appellent Marie-Christine, Cathy, Nicolas, Jacques et Hélène.

Et c'est avec eux que je suis censé me poiler ?

Marie-Christine enchaîne avec un petit discours de présentation. Elle s'adresse à nous en souriant exagérément, comme si elle faisait face à une assemblée officielle et non à cinq pékins sous Tranxène, dans une petite salle communale de trente mètres carrés chichement décorée. Sur les murs blancs on peut admirer des photos de peuplades du monde prises sur le vif en train de rire ou de sourire. Certaines personnes jeunes et moins jeunes affichent un sourire gâté, voire édenté.

— Voilà, je crois qu'on va tous passer un très bon moment ensemble ! Mais avant de commencer, j'aimerais vous expliquer ce qui vous attend pendant ce stage de rigologie, même si ce n'est pas le premier pour tout le monde, n'est-ce pas Cathy ? Vous le savez, toutes les études le disent, rire c'est bon pour la santé. Grâce au rire, on relâche les tensions, on réoxygène son corps, on booste sa circulation sanguine et on améliore la qualité de son sommeil et de sa digestion. Sans compter que ça favorise la production d'anticorps. Le yoga du rire a d'ailleurs été inventé par un médecin, le docteur Madan Kataria. Il a démontré que le rire, même provoqué de façon mécanique, apportait les mêmes bienfaits qu'un rire spontané. Or vous êtes bien placés pour le savoir, de nos jours, il est de plus en plus difficile d'avoir des occasions de rire.

C'est vrai qu'ils ont tous des têtes de constipés.

— Derrière le mot « rigologie », poursuit Marie-Christine en roulant des yeux comme si elle était en pleine représentation de *commedia dell'arte*, se cache une vraie technique professionnelle de développement du bonheur qui s'appuie sur cinq piliers : la psychologie positive, l'intelligence émotionnelle, la sophrologie ludique, la méditation et, bien sûr, le yoga du rire ! Ensemble, nous allons passer un stage in-ou-bli-able ! Vous allez découvrir ce qui vous rend vraiment heureux, ce que vous pouvez faire pour vous connecter au meilleur de vous-même, et ce, quels que soient les évènements que vous traversez ! Pendant ces deux jours nous allons chanter, danser, rire, méditer, faire les clowns, nous enlacer et tomber amoureux… de nos vies ! Le rire entraîne des modifications chimiques dans le cerveau, il libère des hormones du bien-être comme l'endorphine, la sérotonine, la dopamine et l'ocytocine. Ces substances chimiques jouent un rôle essentiel dans le ressenti de nos émotions. Vous l'avez compris, tous ensemble, nous allons prendre un grand shoot de bonheur !

Pendez-moi.

— Mais pour commencer, nous allons faire des exercices de relaxation afin de profiter au mieux des exercices à suivre. Prenez chacun un tapis, faites valser les chaussures et allongez-vous de façon à former un cercle.

Je m'exécute comme un automate. Surtout ne pas penser, ne pas courir, ne pas partir. J'enlève mes boots en priant pour que mes chaussettes soient présentables.

— Allez, ne soyez pas timides !

Cathy, qui connaît vraisemblablement la marche à suivre, est déjà allongée, les yeux fermés. À ses côtés, Jacques a l'air plus mort que jamais sur son tapis rose (encore un message subliminal). Hélène et Nicolas jouent aussi le jeu, je suis le seul à avoir du mal à cacher mon agacement. J'en suis à un point où j'ai peur que ma rancune envers Françoise ne devienne insurmontable. Je fulmine intérieurement. Je ne lui ai jamais fait un coup pareil. En vingt-sept ans de vie commune, je ne l'ai jamais trompée, je ne lui ai jamais fait faux bond, je l'ai laissée partir en week-end faire la folle avec ses copines, ok, je suis peut-être rentré deux, trois fois bourré à la maison, mais jamais rien d'avilissant. J'étais le premier à l'encourager et à la soutenir quand elle a voulu passer son diplôme d'infirmière. Alors je ne crois pas mériter un tel châtiment.

Il est à peine dix heures et déjà Marie-Christine me tape sur les nerfs. Et pourtant je suis du genre cool. Mais elle m'insupporte avec sa tenue criarde, ses sourires forcés et sa bonne humeur ostentatoire.

— Allez, on se détend, on laisse tomber la nuque, les bras, les jambes, on respire fort, on goooonfle son ventre. On fait la baudruche. Oh le gros bidooon… et on expiiiiire lon-gue-ment jusqu'à former un creux dans l'estomac. On bloque la respiration quelques secondes et on recommence ! Une dizaine de fois, on se relâche, on souffle, on expire, on respire fort, on fait du bruit pour son voisin, on se laisse aller !

Dans un excès de zèle, Jacques lâche un pet.

La gêne est immédiate. Pris au dépourvu, figés comme des gardes anglais, nous fixons le plafond en attendant que l'ange passe. Mais Marie-Christine n'a que faire de notre pudeur. Pour elle, l'occasion est trop belle. Elle saute à pieds joints sur l'opportunité d'approfondir sa pédagogie, comme une gamine dans une flaque d'eau.

— Ah ! Ah ! rit-elle, mais oui, pourquoi pas ? Si vous avez envie de vous soulager, faites comme Jacques, lâchez les gaz ! Tiens, moi aussi je pète ! dit-elle en imitant des bruits de pets comme une enfant. Ici c'est une pièce magique, vous êtes dans la maison du bonheur, personne ne juge personne !

— Et si on n'a pas envie ? demande Cathy un peu déboussolée, mais quand même prête à faire un effort.

— C'est comme vous voulez ! On respire, on gooooonfle son ventre, on expiiiiiire par où on veut ! C'est très bien aussi de relâcher son anus ! Ha ! Ha ! Allez Jean, gonfle bien ton ventre ! Et surtout ne retenez pas vos flatulences ! Accepter son corps et ses besoins, avec humilité et bienveillance, c'est aussi ça, la clé du bonheur !

Je garde mes yeux bien fermés, la séance vire au cirque, c'est du grand n'importe quoi. J'ai envie de hurler, ou de pleurer. Je suis allongé comme un imbécile en chaussettes dépareillées sur ce tapis rose et je me demande plus que jamais ce que je fous là ! Cette situation est tellement absurde, incongrue et déprimante que je suis pris, malgré moi, d'un rire nerveux. L'hilarité du désespoir. Très vite, je suis secoué de spasmes incontrôlables.

— Ouiiiii ! C'est bien ! Allez, faites comme Jean, riez, vibrez, exultez ! Ah ! Ah ! Ah !

Une vraie orgie des zygomatiques.

Et plus ils sont hilares et plus je ris, et plus je ris et plus ils se gaussent, j'en pleure, je me contorsionne comme un ver épileptique et j'ai mal au ventre. Jacques semble ressuscité, il rit maintenant à gorge déployée, Cathy glousse comme une dinde, Nicolas a un rire caverneux et Hélène rit comme une enfant en se couvrant la bouche. Je ris et derrière ce rire intarissable, douloureux, je sens les larmes, juste derrière, prêtes à jaillir et qui guettent le bon moment pour faire leur entrée en piste. Mais je ne veux pas pleurer, pas ici, pas maintenant, pas avec eux. Alors, je me lève et je sors précipitamment en direction des toilettes. J'ai eu un flash. Laurent et moi, dans nos lits en plein concours de prouts, comme seuls peuvent le faire deux frères qui partagent une même chambre. On s'en était donné à cœur joie, un vrai concert de trompettes. Laurent riait tellement qu'il s'était fait pipi dessus et avait souillé ses draps. Le rire s'était transformé en larmes, de honte. Maman avait dû le laver et changer son lit, en me grondant pour la forme.

## 10

— Quel bonheur ! Vous êtes formidables ! Je vous propose de faire une petite pause, il y a du café et du thé pour ceux qui souhaitent prolonger ce beau moment de complicité autour d'une boisson chaude.

Jacques paraît détendu, il semble presque heureux d'être à l'origine de cette étrange crise d'hystérie collective.

Je m'approche d'Hélène qui me sourit timidement.

— Tu es en convalescence ? je demande dans un élan de sympathie.

— Pardon ?

— Tu sors de chimio ?

— Pourquoi tu me demandes ça ? se braque-t-elle, j'ai si mauvaise mine ?

La boulette. Je regarde ses cheveux clairsemés en me maudissant.

— Heu… non, non, pas du tout, mais heu, ma femme travaille à l'hôpital de Saint-Malo et je crois que je t'ai confondue avec une patiente, qui heu… a les cheveux très courts… comme toi…

Hélène me fixe, perplexe.

— Tu lui ressembles vachement. Désolé.

Hélène me regarde toujours, semblant attendre une meilleure explication.

— Et du coup en te voyant, je me suis dit Waouh ! Elle a super bonne mine, c'est super, elle va beaucoup mieux ! Mais en fait c'est pas *elle*, puisque c'est *toi* ! Et que tu n'es pas malade, je m'empresse d'ajouter.

Je suis en nage, il y a longtemps que je n'avais pas autant ramé.

— Je n'ai pas de cancer, c'est vrai, mais ce n'est pas beaucoup mieux. Je sors d'une relation difficile…, dit-elle, les yeux légèrement embués.

Je n'ose plus prononcer un mot. Heureusement Marie-Christine vient à mon secours en nous signifiant la fin de la pause. Il est temps de passer à l'exercice suivant.

— Voilà, je vous propose de vous asseoir en tailleur ou sur les genoux si c'est plus confortable pour vous, nous ne sommes pas tous égaux devant la souplesse, ah, ah. Une fois bien installés, connectez-vous à votre espièglerie, levez les bras en l'air, à la façon des enfants, vous inspirez bien fort… vous bloquez une seconde et vous lâchez les bras d'un coup en faisant juste le son « A ».

Ha ! Ha ! Ha ! HA ! HA ! HA !

Et c'est parti pour dix minutes de faux rire. Marie-Christine joue les entraîneuses et donne tout, comme une comédienne devant la caméra. Je secoue un peu les épaules en guise de bonne volonté. Mais le malaise est là. Je ne vois pas l'intérêt de ce rire poussif. À quoi bon simuler un rire avec des inconnus ? Après les *fake news*, le *fake laugh* ? Je sais bien qu'on vit dans le monde des apparences, c'est le règne des faux seins, des faux ongles, des faux cheveux, des fausses dents, des faux-culs (ha ! Ha !). Mais pourquoi des faux rires ? Où sont passés la joie, la complicité, l'humour, la connivence, la spontanéité, le bonheur ?

Et surtout pourquoi je m'échine depuis toutes ces années à faire des albums humoristiques si les gens rient sans plaisir ni raison ?

Bref, à quoi je sers ?

Je suis perplexe. Et je crois que je préfère encore déprimer pour de vrai plutôt que de rire pour de faux. Au moins, je suis connecté à moi-même, comme le dit si bien Marie-Christine, notre cheftaine du LOL.

— Bravo ! Vous êtes super ! Et qu'est-ce qu'on s'amuse ! rit Marie-Christine en frappant frénétiquement les mains à la façon d'une otarie.

— C'est vrai que ça fait du bien, soupire d'aise Cathy.

— Et ce n'est pas fini ! glousse Marie-Christine tout excitée.

Cette nana est folle. Qu'est-ce qu'elle croit ? Je m'en suis tapé des barres avec les potes en festival, ça c'était du fou rire ! Avec Philou, Christophe, Malik et Roger, qu'est-ce qu'on s'est bidonnés ! Bien sûr on n'était pas nets, nets, et l'alcool coulait à flot, mais on était galvanisés par nos retrouvailles et heureux de sortir un peu de la solitude de nos ateliers ! Entre les anecdotes persos, les ratés de l'édition (qu'on est les seuls à pouvoir comprendre), les histoires de fesses, de bécane, ou encore la fois où j'étais tombé de mon tabouret complètement pinté, j'arrivais plus à me relever à cause de ma hernie, les autres croyaient à un sketch et se poilaient, tandis que je souffrais le martyre. Impossible de bouger sans hurler. Et le pire, c'est que j'avais du plaisir à les entendre se gondoler ! Ah ça, pour rigoler, ça rigole en festival ! Enfin les vieux, comme moi ! Parce que les petits jeunes, les nouveaux génies de la BD, enfin du *roman graphique* comme ils disent, ils se prennent au sérieux, ils ont un crayon dans le cul, boivent du thé vert et se nourrissent de graines. Alors que nous on fait pas de chichis, c'est bières tièdes et merguez calcinées ! J'en connais qui ont payé de leur vie les soirées charrette où tu tiens à coups de cafés-clopes. Mais il reste les bons moments, les bons souvenirs nourris aux pintes et à l'amitié. Rien à voir avec ces exercices à la con, sans âme.

— Nous allons passer à l'exercice suivant !

Le cauchemar continue.

— Je vais vous demander de vous mettre debout et de déambuler dans la pièce et quand vous vous croisez, vous vous tenez par la main en vous regardant droit dans les yeux et en expulsant trois fois « Ha ! Ha ! Ha ! ».

Je remets mon cerveau en mode veille.

Au pire ça fera un truc drôle à raconter aux copains. Ah ça, pour les faire marrer, ça va les faire marrer.

Jacques me tend sa main, « Ha ! Ha ! Ha ! », je prends son souffle en pleine poire. Difficile de donner le change en retenant sa respiration. Son haleine aussi a soixante-douze ans d'âge. J'attrape la main de Nicolas, j'ai peur de lui faire mal en effleurant ses cicatrices, « Ha ! Ha ! Ha ! », quel malheur ! Il doit vraiment être au fond du trou pour s'infliger un truc pareil. C'est vraiment triste. On a eu de la chance avec les enfants, je ne sais pas si c'est parce qu'ils sont jumeaux, mais on n'a jamais eu de problèmes avec eux. Ils sont sains, ils aiment la vie, la mer, le soleil, le surf, la nature, Gwenaëlle nous a un peu emmerdés avec son régime végétarien, mais rien de bien méchant.

Cathy me tend à son tour la main, « Ouh ! Ouh ! Ouh ! », en la voyant je suis content qu'elle puisse rire un peu. Parce que sa vie ne doit pas être drôle tous les jours. J'ai jamais été à Pôle Emploi, je n'ai jamais eu à me frotter directement au monde de l'entreprise, mais je sais que les chances de survie d'une Cathy y sont très faibles. C'est la jungle, marche ou crève. Pas de pitié pour les canards boiteux. C'est pas à Pôle Emploi qu'elle devrait aller, mais à Lourdes ! Ils doivent tous se refiler son dossier comme une patate chaude. Ici au moins, elle se change les idées. Mais le plus déprimant, c'est qu'elle a l'air d'y prendre plaisir et de vraiment s'amuser. C'est au tour d'Hélène qui me broie la main et me laisse les doigts endoloris « Ha ! Ha ! HA ! ». Peut-être à cause de ce que je lui ai dit tout à l'heure ? Ça m'apprendra à vouloir être gentil. Mais je n'ai pas rêvé, elle a bien évoqué un arrêt maladie ? Franchement avec son duvet sur le crâne y avait de quoi se méprendre. Une collègue de Françoise a eu un cancer du sein, double mammectomie ! Dans son malheur, on lui a refait une poitrine toute neuve, sans silicone et à ce qu'il paraît (je n'ai pas été convié à juger), l'effet est bluffant de naturel. Je prie pour qu'il n'arrive jamais rien aux seins de Françoise. Car même si la médecine a fait beaucoup de progrès, jamais elle n'atteindra ce degré de perfection. C'est bien simple, ils sont parfaits. Mais j'ai beau les aimer inconditionnellement, ça ne m'empêche pas de lui en vouloir.

— Bravo ! Vous voyez comme on se sent mieux déjà ? Regardez-vous, vous rayonnez ! Vos traits sont détendus, votre peau respire, vous avez tous pris de belles couleurs ! Vous êtes zen et euphoriques, comme après l'amour ! Vous re-vivez ! C'est ça la rigologie ! Ce n'est pas formidable ? Allez, sur cette belle lancée, je vous invite à faire un dernier exercice avant la pause déjeuner, vous allez prendre chacun un nez rouge et je vais vous demander de faire sauter tous les verrous en chantant et en dansant sur une musique entraînante. Soyez fous ! Soyez joyeux ! Soyez heureux ! Vous êtes prêts ?

— Ouiiiiii, s'époumone Cathy qui trépigne déjà.

— Alors c'est partiiiiii, hurle Marie-Christine, hilare, en balançant le son.

« Hééé Macarena, Ah ! »

Je sursaute. C'est quoi cette daube ? Un genre de tube de l'été ? Et pourquoi pas une vraie bonne chanson rock qui recharge les batteries ? Au lieu de cette bouse qui m'irrite les tympans ? Nicolas semble immédiatement en transe, Cathy se déhanche en mimant la célèbre chorégraphie, suivie d'Hélène, très inspirée elle aussi par ce tube aux notes espagnoles. Jacques a déjà enfilé son nez rouge, non sans avoir cherché un peu de soutien dans mon regard, et bouge avec un sens très personnel du rythme. Malgré une certaine réticence, il s'applique à faire de son mieux. Moi-même je cède devant cette pseudo-musique-pop-flamenco et commence à me trémousser de mauvaise grâce et en faisant attention à ne pas glisser avec mes chaussettes. Au bout de deux minutes, j'ai chaud et j'en ai marre. Mais Marie-Christine m'attrape les mains et m'encourage, toujours hilare, à continuer. J'ai rarement vu une femme de son âge (qui doit être proche du mien) avec une telle énergie. Qu'est-ce que ça devait être avant la ménopause ? La chanson est interminable, Jacques montre lui aussi des signes de fatigue, et la musique trop forte semble maintenant l'incommoder.

Pourtant, Marie-Christine est bien décidée à la laisser jusqu'au bout. Quand enfin, trois longues minutes plus tard, le silence revient, elle nous invite tous à nous prendre par la main, on se retrouve à faire la ronde. « Ouuuuuuhhhhh ! » crie-t-elle en nous faisant lever les bras vers le plafond, comme à la maternelle.

— Bravo ! Quelle joie de vous voir danser ! poursuit notre hôte au bord de l'extase, maintenant qu'on s'est bien dépensés, qu'on a fait vivre nos corps, on a mérité une belle pause gourmande ! Au menu, taboulé, il y a aussi une salade de lentilles maison, du fromage et une salade de fruits. « C'est pas le bonheur ? » dit-elle dans un éclat de rire qui me rappelle la bande son des mangas de mon enfance.

# 11

Marie-Christine a bien fait les choses, son petit banquet est des plus réussis et même si le taboulé est industriel, elle a fait une jolie présentation qui met tout de suite en appétit. Chacun se compose une petite assiette pour le déjeuner, avec sa « farandole de jambon », ses cornichons, la salade de lentilles, plutôt bonne. Manger me fait du bien, j'ai besoin de reprendre des forces après cette matinée éprouvante. Je suis étonné d'être toujours là. J'aurais pu prétexter un empêchement et partir à la pause déjeuner. Mais je ne l'ai pas fait. Va savoir pourquoi. Jacques vient me tenir compagnie, tandis qu'Hélène, Cathy et Nicolas se sont naturellement attablés ensemble.

— Je me demande si on ne se connaît pas déjà, me demande-t-il, votre visage m'est familier…

Jacques a des sourcils broussailleux très intéressants. C'est typiquement le genre de particularités physiques qui retient mon attention. Quand je crée un personnage, j'essaie toujours de le caractériser par un détail qui lui est propre. Jacques ferait un bon personnage, le visage anguleux, un peu austère, mais avec des sourcils très fournis, presque vivants, cela crée tout de suite un ressort comique. Cathy aussi a une silhouette inspirante, un peu à la Shadoks. Ronde en haut et maigre en bas.

— Je ne sais pas, on s'est peut-être croisés dans le coin ou en festival ? J'ai eu droit aussi à ma photo, deux, trois fois dans le journal… dans les pages locales.

— Non, je ne m'intéresse pas beaucoup à la bande dessinée. J'en ai offert à mes petits-enfants bien sûr, mais je ne n'en lis pas. Par contre, je dessine, je fais des aquarelles, la mer, les bateaux.

Très original.

— Il y a de très belles bandes dessinées maritimes, bien sûr il faut aimer les histoires de pirates ou de batailles navales, mais c'est souvent très réussi d'un point de vue graphique. Je pourrais te donner des références si ça t'intéresse ?

— Oui, je lis plutôt des biographies mais pourquoi pas ? Et vous, c'est quoi votre domaine ?

— Je fais des BD humoristiques, comme *Au secours j'ai épousé une Bretonne,* les *Papy Bikers* qui a très bien marché ou *La Danse des connards…*

Jacques me regarde, circonspect. Je ne juge pas utile d'énumérer les autres titres.

— Un petit café, Jacques ? propose Marie-Christine une cafetière dans une main, des gobelets dans l'autre.

— Volontiers, oui, merci.

— J'en prendrai aussi, merci.

— On va bientôt reprendre, s'empresse-t-elle de préciser en remplissant nos gobelets.

J'ai vraiment rarement vu quelqu'un s'éclater autant au travail. Je l'observe faire son petit tour de table, sans jamais se départir de son sourire. Elle rayonne au milieu de ses neurasthéniques.

— C'est ma femme qui m'a offert le stage, je dis pour changer de sujet.

— Ah oui ? Moi, je suis veuf, Yvonne mon épouse est décédée il y a maintenant deux ans d'une longue maladie, c'est mon médecin qui m'a conseillé de le faire, je me suis dit pourquoi pas ? Il faut bien essayer, même si entre nous, ce n'est pas vraiment ce à quoi je m'attendais.

De son regard broussailleux, il m'indique Marie-Christine.

— Elle est gentille, mais un peu… originale.

J'opine du chef.

— Mais bon, c'est toujours mieux que les antidépresseurs. Vous êtes bien jeune pour être dépressif.

— Mais je ne suis pas dépressif ! Je vais même très bien. Ça n'a rien à voir, c'est un cadeau d'anniversaire pour mes cinquante-six ans !

Jacques me sourit.

— Quoi ?

— Rien, rien, rien du tout…

— Ma femme adore les cadeaux originaux !

— Bien sûr…

Je n'aime pas du tout la façon dont il me regarde. Qu'est-ce que ce vieux schnock insinue ? Complètement sénile, le Jacky.

— Allez les amis, on y va, on reprend, maintenant que vous êtes rassasiés, je vais vous faire miauler de plaisir ! Miaou ! Hi ! Hi ! Hi !

Jacques ne me laisse pas le temps de lui clouer le bec, il a déjà tourné le dos et suit Marie-Christine comme un vieux toutou. Je n'ai qu'une envie, lui faire bouffer ses sourcils.

# 12

— Alors, on va profiter de nos estomacs pleins, de cette langueur qui nous gagne, pour jouer les matous repus. On s'étire de tout son long, comme un chat, on se tapote le ventre, on se lèche les babines et on fait sa toilette à la façon d'un félin. Je veux vous entendre miauler, bâiller, ronronner, soupirer de plaisir. Voilà, faites comme moi ! On ne pense à rien, on ne se juge pas, on se prélasse, on s'amuse !

— Mia-ou !

Cathy comme toujours met beaucoup d'ardeur à faire l'exercice, sa roucoulade tient plus de la grosse poule, mais l'effet détente est là. Hélène a des airs d'animal blessé qui panserait ses plaies, Nicolas a tout du chat de gouttière et Jacques reste Jacques. Quant à moi, je suis à deux doigts de faire la sieste.

— On ne s'endort pas Jean ! On va se réveiller, on va même chatouiller nos émotions une à une pour aller chercher notre joie profonde, celle qui est au cœur de notre âme d'enfant.

Pour mieux capter notre attention, Marie-Christine a baissé d'une octave. Son ton se veut celui de la confidence, comme si elle allait nous révéler la cachette du trésor des Templiers. Est-ce ainsi que procèdent les francs-maçons ?

— Maintenant que nous sommes apaisés, nous allons nous lever pour le Cercle de joie. Le Cercle de joie est la quintessence de la rigologie, il permet d'explorer vos émotions de façon ludique et sincère et si le rire vient, ne le bridez pas, au contraire, laissez l'innocence et la joie en vous s'exprimer !

Nous nous regardons, légèrement inquiets. Que va-t-elle encore nous faire faire ?

Marie-Christine tire les rideaux, nous plongeant dans une lumière tamisée, et attrape un tambour en peau d'animal, orné de plumes. Le moment est presque solennel, on sent qu'on touche le cœur même du stage. Elle tambourine doucement tout en s'adressant à nous. Les contours de nos visages s'estompent, le dépaysement est immédiat. Un peu plus et elle nous sort une coiffe indienne.

— En cercle, la main sur le cœur, vous allez vous avancer chacun votre tour au centre du groupe et sans réfléchir, vous vous connectez immédiatement à l'émotion demandée. Jouez avec votre corps, laissez-vous guider par l'appel du tambour chamanique ! Il va libérer votre esprit et convoquer votre joie intérieure.

— La fierté ! lance-t-elle bien fort en jouant de façon répétée du tambour.

Cathy bondit la première, le ventre bombé, volontairement mis en avant, elle rit déjà et s'amuse comme une enfant en bougeant ses bras, tel un toréro boudiné dans son habit de lumière. Je me surprends à sourire avec les autres.

Marie-Christine l'encourage au rythme régulier du tambour. Le son hypnotique nous berce.

— La colère !

Jacques saute dans le cercle et à son tour gesticule de façon saccadée en jouant de ses sourcils, sa ressemblance avec Gargamel me frappe, des rires fusent.

— La révolte ! entonne Marie-Christine, toujours très active avec son tambour.

Contre toute attente c'est Nicolas qui se positionne et nous fait une démonstration digne des foires d'antan. Il tourne sur lui-même et nous harangue le poing levé et le torse bombé, visiblement prêt à en découdre, avant d'enchaîner avec une imitation très convaincante du gorille en rut malgré son petit gabarit. Pris au jeu, nous lâchons des cris de joie et de surprise, comme chez Guignol.

— La tristesse !

Sans réfléchir, je me mets à jouer les madones en pleurs, je me laisse tomber sur les genoux (sans me faire mal) pour mieux simuler les pleureuses, je ne ménage pas mes efforts pour être ridicule et grimaçant et suis heureux de recueillir à mon tour des rires.

— L'amour ! lance Marie-Christine toujours imperturbable avec son instrument.

C'est au tour d'Hélène d'entamer une danse lascive, puis sans aucune retenue elle se met à mimer l'orgasme. Nous échangeons quelques regards surpris et amusés, mais qui virent très vite à la gêne tant ses cris deviennent rauques et puissants. Hélène semble en transe, sans doute est-elle un peu trop sensible au rythme et aux vibrations. Sa démonstration me plonge dans une certaine perplexité. Je croyais que ce genre de scène n'arrivait que dans les films. J'ai beau réfléchir, Françoise n'a jamais crié comme ça. *Je* ne l'ai jamais fait crier comme ça. Quand elle jouit, elle couine ou elle halète comme un petit animal, je ne sais pas si c'est mieux. L'orgasme féminin est-il réellement proportionnel aux décibels qu'il provoque ? Celui de ma femme est beaucoup moins chantant que les vocalises d'Hélène. Je suis quelque peu refroidi par ce rappel de mon impuissance. Hélène, qui n'a rien d'une femme fatale avec ses trois tifs sur le crâne, paraît réellement traversée par une onde de plaisir. Marie-Christine a de toute évidence perdu le contrôle de la situation, elle qui pensait certainement à l'amour au sens « hippie » du terme, se met à cogner de plus en plus fort sur sa peau de lapin ou de bison, va savoir, pour couvrir les gémissements impudiques d'Hélène. Elle commence sérieusement à nous chauffer les oreilles avec ses miaulements. Jacques, lui, ne sait plus où se mettre.

Marie-Christine, échevelée par l'effort, s'énerve comme une enfant surexcitée sur son tambour, qui n'a plus grand-chose de chamanique.

— STOOOOOOP ! Voilà, abrège-t-elle, légèrement essoufflée en s'essuyant le front comme après un set particulièrement intense, bravo à tous, merci Hélène, beau lâcher-prise ! Et puisque vous êtes chauds, on va s'enlacer, tous ensemble, pour profiter encore de cette belle énergie. Faisons don de nos émotions, de nos bonnes ondes et de notre bien-être.

J'ai maintenant le parfum parfaitement écœurant de Cathy dans les narines. Si on m'avait dit ce matin que j'allais faire une partouze platonique avec cinq inconnus, j'aurais pris mes jambes à mon cou. J'en suis à un stade où j'ai perdu tous mes repères. Je n'ai plus aucune forme de résistance. C'est comme si on m'avait brisé psychologiquement. Je suis épuisé, lessivé, rincé, avec le sentiment d'être le cobaye d'une expérience scientifique complètement barrée. Je suis sonné. Comme au sortir d'une anesthésie, le réveil est nauséeux. J'ai la douloureuse sensation de m'être fait castrer, ça m'apprendra à faire le chat.

Je me suis laissé enrôler comme un bleu dans cette secte. Avec la vélocité d'un catcheur, Marie-Christine m'a retourné comme une crêpe. Mis K.-O.

C'est limite humiliant.

— Vous êtes prêts pour le dernier exercice ? La ola du rire ! Vous l'avez méritée ! Allez, on s'allonge tête contre tête cette fois, comme les pétales d'une fleur, les bras en l'air. À mon signal, vous les abaissez chacun votre tour en riant. Au début on donne l'impulsion au niveau du plexus et ensuite on laisse venir… Ha ! Ha ! Ha ! HA ! HA !

Adieu.

Après avoir pris congé de mes camarades, je fais un arrêt à la plage, j'ai besoin de lumière et de voir la mer. L'air frais fouette mon visage et me remet les idées en place. Petit à petit je retrouve mes esprits. Quelle guignolade ! Même les mouettes ont l'air de se foutre de moi avec leurs cris sardoniques. J'ai envie d'une bonne bière, d'enfiler mes chaussons et de retrouver mes crayons. Je crois que j'ai besoin de poser sur le papier ce qui s'est passé aujourd'hui. Dessiner ces visages, ces expressions hilares. Comme ça, pour le plaisir, histoire de débriefer cette journée hallucinante. Je ne sais pas ce que je vais raconter à Françoise. Je ne suis même pas sûr d'avoir envie de le faire, d'ailleurs. Elle serait capable de me démontrer par A plus B que ces simagrées sont bénéfiques et vont me faire retrouver l'inspiration. Autant moi aussi prendre mon billet pour Lourdes. Là, tout de suite, j'ai envie de me poser, peinard. Je me dépêche de regagner la voiture, avec la peur idiote de tomber sur Didier.

# 13

L'idée de faire mon petit rapport de stage à Françoise me met en rogne. Je la connais, elle a dû crier victoire toute la journée. Mais je ne suis pas d'humeur à la voir jubiler. J'ai beaucoup, trop même, payé de ma personne pendant cette journée. Et je suis déjà fatigué à l'idée d'affronter le programme de demain. (Un pogo sur la *Danse des canards* ?) Et comme si je n'avais pas eu mon lot d'humiliations, j'ai la *Macarena* dans la tête.

Comme je le redoutais, Françoise m'attend tout sourire, affalée sur le canapé du salon. À ma vue elle coupe le son de la télévision.

— Alors ? Ça va ? Tu as passé une bonne journée ?

À son empressement je comprends qu'elle guettait mon arrivée depuis un petit moment. Je la soupçonne même d'avoir œuvré auprès de ses collègues pour changer son planning et être sûre de ne pas me rater. Mais c'est moi qui ne vais pas la rater.

— Super ! je dis en allant le plus tranquillement du monde chercher une bière dans la cuisine.

— Ben vas-y, raconte ! trépigne-t-elle depuis le salon, vous avez fait quoi ? Vous étiez nombreux ?

— On était cinq, un veuf dépressif, une chômeuse alcoolique, une victime de l'amour, un hikikomori et moi, le dessinateur has been.

Je savoure doublement ma première gorgée de bière de la journée. L'arrivée impromptue d'un rot salvateur finit de me rendre détestable.

Depuis son canapé, Françoise sourit avec cet air de dire « tu vois, tu as déjà retrouvé ton sens de l'humour ».

— C'est quoi un « hikikomori » ?

— Un mec qui se retranche chez lui.

— Ah. Et c'était sympa ?

— Super, on a dansé sur la *Macarena* et on a fait un slow, mais à plusieurs, je dis en ouvrant sans ménagement un paquet de chips.

Françoise ne se départ pas de son sourire. Mon petit numéro de cow-boy ne l'impressionne pas. Des années d'hôpital aux côtés de malades grincheux ont rodé sa patience.

— Ha. Ha. Ha. Allez, raconte pour de vrai !

Elle croit que je blague, que je la charrie et que je vais me précipiter sur ses genoux et lui conter comme un enfant câlin et docile la journée grandiose et revigorante que j'ai passée, grâce à son initiative et à sa perspicacité.

— Je viens de le faire. Sur ce, tu m'excuses, je vais aller déprimer dans mon atelier.

Je poursuis les hostilités en laissant délibérément le paquet de chips vide et des miettes sur la table de la cuisine. Une vraie déclaration de guerre. Une sortie virile et sans appel. Et puis merde, j'ai gagné le droit qu'on me foute la paix. Je n'aspire qu'à une chose : beaucoup de ZZ Top et d'ACDC pour me nettoyer les oreilles. Demain est un autre jour.

# 14

Cette nuit j'ai à nouveau fait ce cauchemar. Mais cette fois, c'est moi qui conduisais le camion. Je roulais à fond sur une route enlacée, j'appuyais en vain sur la pédale de frein, emporté par la vitesse, je perdais le contrôle. Je me suis réveillé au moment où le camion dans sa course folle quittait la route et tombait dans le vide. J'ai crié et Françoise s'est réveillée. Plongé dans le noir, le cœur battant, je n'ai pas eu d'autre choix que de lui raconter. Parce que cette fois, j'ai reconnu le camion. C'est celui que conduisait mon père.

Elle m'a écouté, sans m'interrompre et j'ai vidé mon sac d'une traite.

— Quand j'étais petit avec mon frère on était fascinés par ce monstre d'acier. C'était comme si mon père était un pilote d'élite. Il manœuvrait avec aisance son 33 tonnes qui faisait un bruit d'enfer, un œil dans le rétro et la clope au bec. Il avait la classe comme *bebel* dans *Le magnifique*.

« C'était avant que Laurent ne se fasse écraser par une voiture, comme un de ces petits hérissons trouvés sur le bord de la route qu'on observait du bout de notre bâton. Il avait huit ans, j'en avais dix.

D'un coup de volant, je suis passé de grand frère à enfant unique. Ma mère s'est murée dans le chagrin, comme une recluse. Et mon père est remonté dans son camion avec sa remorque de chagrin, comme un escargot de ferraille. Il ne m'a plus jamais fait monter dans sa cabine. C'était pourtant notre rituel. Laurent sur ses genoux, ses deux petites mains embrassant le volant beaucoup trop grand pour lui, et moi qui avais la charge d'activer le klaxon. Mais après la mort de Laurent, plus personne n'avait le cœur à faire *pouet pouet*.

« Je ne sais pas pourquoi je fais ce cauchemar récurrent. C'est comme si mon cerveau buggait. Laurent n'apparaît jamais dans mes rêves. Parfois j'en viens même à douter qu'il a un jour existé. C'est si loin maintenant. C'était dans une autre vie, à une autre époque où on se régalait de tartines à la confiture de rhubarbe de ma grand-mère pour le goûter. D'ailleurs ceux qui ont connu Laurent n'existent plus eux non plus. Ma mère a fini par s'effondrer quelques années plus tard, elle est tombée d'un coup comme un arbre malade qui a cédé face aux chancres, et mon père a fait une crise cardiaque à tout juste soixante ans. C'est à peine si Erwan et Gwenaëlle se souviennent de lui. Ils savent juste que j'ai eu un petit frère, "Laurent" ou "Bertrand", et qu'il est mort. Pour vous, c'est une petite silhouette sur des vieilles photos en noir et blanc. Pour moi, c'est un fantôme qui revient parfois me hanter. Pourtant il a conditionné ma vie entière. D'une certaine façon c'est grâce à lui si je me suis lancé dans la BD. C'est idiot, mais je réalise seulement maintenant qu'en perdant

Laurent, j'ai dû aussi faire le deuil de ma mère, de mon père, du bonheur, de l'insouciance, d'un ami et même de ma chambre. Quand je rentrais de l'école il n'était pas rare que je trouve ma mère allongée dans son lit. Ça me tétanisait de la voir comme ça, j'avais peur qu'elle aussi soit morte. Dans la salle à manger elle avait installé une chapelle ardente à la gloire de Laurent, il y avait des photos de lui, des images pieuses avec des angelots et des bougies qui brûlaient, nuit et jour, pour son âme "partie trop tôt". La vie s'était arrêtée comme une pendule. Allumer la télévision aurait été profane et je n'avais plus le cœur à regarder nos programmes préférés. Ses rires me manquaient tellement. Alors une fois mes devoirs terminés, je sortais mes crayons en veillant à ne faire aucun bruit et je dessinais en silence. C'était la seule distraction possible. Au début je crayonnais des portraits de Laurent pour arracher un pâle sourire à ma mère. Puis, pour amuser mon petit frère disparu, j'ai commencé à faire des caricatures, sans jamais vraiment oser le ridiculiser. Ensuite j'ai imaginé les aventures qu'on ne vivrait jamais lui et moi, ensemble. Laurent reprenait vie sous mes coups de crayon. Je sentais presque son souffle chaud au-dessus de mon épaule. C'était doux et réconfortant. Et ça rendait plus supportable l'idée de le savoir allongé seul et froid sous sa dalle de granit.

Les yeux de Françoise brillaient dans le noir, mais elle restait muette. Alors j'ai continué à dégorger mon chagrin.

— À la mort de Laurent, j'ai dû faire front. Et je crois que le chagrin de mes parents était si présent, si envahissant qu'il n'y avait plus de place pour le mien. Alors je l'ai enfermé, comme on met un fauve en cage. Et surtout, j'ai appris à être discret.

J'ai marqué une pause. Je n'en revenais pas de tout déballer comme ça. C'est comme si je ne pouvais plus m'arrêter. Françoise ne bougeait toujours pas, mais je savais à sa respiration et à la pression de sa main dans la mienne qu'elle était émue.

— Je vais te raconter quelque chose que je n'ai jamais dit à personne, jamais. Quelque temps après la mort de Laurent, six semaines ou six mois, je ne sais plus quand exactement, c'est une période assez floue, je me suis cassé le bras en tombant de vélo. Je me souviens encore de la douleur. Je n'ai rien dit pendant deux jours, impossible de me plaindre, j'avais trop peur de les accabler davantage. C'est la maîtresse qui s'en est rendu compte. Pourtant je souffrais, énormément même, mais pas autant que mes parents, tu comprends ?

Françoise a hoché la tête.

— Je ne sais pas pourquoi je repense à ça. Je suis juste un type qui s'éclate en dessinant et se satisfait de faire rire et sourire les autres. C'est ma façon à moi de consoler les enfants tristes. Enfin du moins c'est ce que je croyais. J'ai toujours pensé que j'apportais un peu de réconfort avec mes BD, mes gags et mon humour à deux balles. C'est pour ça que j'aime tant mon métier. Parce que crois-moi, il faut l'aimer pour plancher tout seul pendant des mois sur un projet. Mais tu vois, récemment, tu m'as fait comprendre que je n'étais plus capable non plus de ça, Françoise, que j'étais fini. Et venant de toi, ça m'a fait mal, très mal même.

— Mais comment je peux deviner, tu ne parles jamais Jean ! C'est la première fois que tu me parles autant de ton frère, tu n'as jamais voulu te confier sur lui. Ces derniers temps tu n'es plus le même, tu t'es renfermé, tu t'irrites de tout, je ne savais plus quoi faire… J'ai été maladroite c'est vrai, mais je voulais juste te faire un électrochoc, je suis désolée…

Je l'ai serrée dans mes bras.

— Je sais, j'ai ma part de responsabilité. Mais tu sais quoi ? Dans le doute, je vais aller jusqu'au bout de ce stage, Françoise, cette fois encore je peux tenir deux jours en serrant bien les dents. Parce que je t'aime et que tu es la dernière personne que j'ai envie de blesser. Et puis même si Marie-Christine est une vraie tarée, elle est sincère et passionnée, et je respecte ça. Je ne veux pas te perdre Françoise. L'idée même de vivre sans toi me tétanise. C'est comme si je me retrouvais, moi aussi, allongé sous une dalle de granit.

On s'est endormis comme ça, silencieux et enlacés. Et je jure que c'est vrai, j'ai senti un soubresaut de désir.

# 15

Je me suis réveillé plein d'énergie, malgré une nuit courte et agitée. Avec Françoise ce matin on était en phase, tout était léger, j'avais presque oublié comme cela peut être facile parfois. On a débarrassé la table du petit déjeuner en discutant de tout et de rien et je suis parti rejoindre mon groupe d'éclopés en traînant moins la patte, comme si c'était une simple formalité. Une dernière étape avant de retrouver mon petit train-train. Un léger mieux-être à mettre peut-être sur le compte de la rigologie ? Après tout, ce n'est pas plus bête que de faire une cure de vitamines ? Même si j'aurais préféré faire une cure de vitamines. Cette nuit j'ai réalisé que Françoise tenait encore beaucoup à moi et que ce malentendu entre nous partait d'une réelle bonne intention. À moi aussi de mieux me faire comprendre, d'être moins sur la défensive. Notre couple tient la route, je ne suis pas seul et après vingt-sept ans de vie commune on est toujours là l'un pour l'autre. Ce n'est pas rien. Et si j'arrive à la faire rire ce soir en lui racontant mon stage, ce sera toujours ça de gagné.

— Bonjour tout le monde !

Je salue de la main Cathy, Hélène, Nicolas et Jacques. Je n'ai plus aucun ressentiment à son égard. Je le plains même. Quelle tristesse de perdre sa femme et de se retrouver à vivre seul après toutes ces années passées ensemble, sa vie doit être d'un ennui abyssal. Pauvre vieux.

— Bonjour Jean !

— Marie-Christine n'est pas là ? je m'étonne.

— Si, si, me rassure Cathy, elle est allée chercher des accessoires, mais elle est un peu empêchée ce matin, je crois qu'elle a mal au dos.

— Ah bon ?

J'ai du mal à imaginer Marie-Christine souffrir de quoi que ce soit. Cette force de la nature a l'air immunisée contre les petits et gros pépins de santé. Aussi je reste pantois en la voyant arriver vers nous à petits pas, tout de rose vêtue, la démarche raide, les traits tirés et le teint livide. En une nuit, elle a pris dix ans. Elle n'a plus rien de la rigologue pimpante de la veille. Que lui est-il arrivé ?

— Bonjour Jean, comme je disais à vos camarades, désolée de vous accueillir en piteux état, mais j'ai un nerf qui s'est réveillé, mais tout, aïe ! Tout va rentrer dans l'ordre, se force-t-elle à finir dans une grimace de douleur.

Nicolas se précipite pour lui prendre le bras, tandis que je lui avance un siège.

— Non, surtout pas ! Je ne peux pas m'asseoir, je ne peux pas me plier, c'est un calvaire.

Elle fait vraiment peine à voir.

— Allez, on va faire un peu de relaxation, on va se détendre, ne vous inquiétez pas j'ai déjà fait un peu de méditation positive cette nuit, ça va passer, ce n'est pas la première fois... C'est aussi ça la rigologie, c'est accepter la douleur pour mieux la dépasser. J'ai juste besoin que quelqu'un m'aide à m'allonger..., murmure-t-elle péniblement.

Cathy a presque les larmes aux yeux devant les souffrances de sa rigologue préférée. Nicolas et moi faisons notre maximum pour la soutenir, mais ses jambes se sont dérobées et elle fait son poids. Je ne voudrais pas moi aussi me niquer le dos. Elle atterrit, brusquement à quatre pattes sur le tapis. Marie-Christine se tord de douleur sous nos yeux impuissants.

— Pauvre Marie-Christine ! On va t'aider et on va partager nos bonnes ondes, dit Cathy en s'approchant d'elle, prête à l'enlacer.

— Ne me touche pas !! hurle cette dernière, en nage.

Cathy s'éloigne, dépitée. Je lui souris pour la réconforter.

— C'était pour t'aider, marmonne-t-elle, pour doper ton endorphine...

Mais Marie-Christine, coincée dans sa posture, est au supplice et se met à hurler.

— AAAAAAAAAHHHH, bougez-moi, ça ne va pas, ça ne va paaaaaaaaasssss !

Mais ni Nicolas ni moi ne savons comment la tourner pour la soulager, elle frémit et bondit dès qu'une main l'effleure. Tout son corps tremble. À bout de forces, Marie-Christine se laisse tomber comme un sac à patates sur le côté, ce qui lui provoque une autre décharge de douleur, comme sous l'effet d'un taser invisible.

— Il faut appeler une ambulance, dit Jacques, impressionné par son état de détresse.

— Je parrrrrs, je parrrrrrrs ! gémit Marie-Christine, blafarde.

— Vous voyez bien qu'elle est en train de perdre connaissance ! hurle Hélène.

— Mais qu'est-ce qu'on peut faire ? Elle refuse qu'on l'aide ! se défend Cathy, toujours vexée.

À nos pieds, Marie-Christine agonise et couine comme un gros écureuil.

— Bon ils seront là dans dix minutes, annonce Jacques, visiblement éprouvé lui aussi.

— Je vais mourir, murmure Marie-Christine, je vais mourir, répète-t-elle dans un souffle saccadé.

Ses doigts crispés s'accrochent désespérément au tapis rose, des larmes coulent sur ses joues.

Cathy, en retrait, chouine, tétanisée, tandis qu'Hélène, en tant que « secrétaire médicale », tente de faire bonne figure.

Mais à son air effaré, je vois qu'elle est comme nous tous, prise de court par ce retournement de situation invraisemblable.

— J'ai peur que ce soit plus qu'une simple hernie, je ne voudrais pas m'avancer, mais ça ressemble plutôt à une sciatique paralysante, c'est très, très grave, elle peut rester handicapée ! diagnostique-t-elle.

Je suis choqué de voir cette femme si souriante, si épanouie se plier de douleur sous nos yeux. Je ne comprends pas. Comment une nana comme elle, qui passe ses journées à rire et à respirer la joie de vivre, peut se retrouver aussi diminuée par une sciatique ? Et qu'en est-il alors de ses beaux discours sur les bienfaits de la rigologie ? À l'entendre, seuls les ronchons étaient condamnés à souffrir. Je sens une colère gronder en moi, c'est quoi cette arnaque ?

— Je sais ! crie Cathy avant de partir en courant.

Elle revient quelques secondes plus tard, un sourire vainqueur sur les lèvres et le tambour chamanique dans les mains.

— Heu Cathy, vous êtes sûre de vous ? Je ne crois vraiment pas que ce soit le moment, la sermonne Jacques, choqué de son initiative.

— Mais c'est *justement* le moment ! affirme-t-elle en commençant à taper sur la peau de bête, ça va la mettre en état d'hypnose et elle souffrira moins !

Cathy a l'air d'une gosse heureuse d'avoir dérobé le jouet tant convoité.

Marie-Christine continue de gémir, misérable sur son tapis rose, le visage tendu, les pupilles dilatées. Elle fait vraiment pitié à voir.

Cathy ferme les yeux et se met à tambouriner consciencieusement.

— Elle a raison, faisons un cercle de joie autour d'elle en attendant l'ambulance, propose Hélène, de toute façon on ne peut rien faire d'autre pour la soulager…

Hésitant, je regarde Nicolas puis Jacques, et dans un grand sentiment d'impuissance partagé, nous nous asseyons en cercle autour de Marie-Christine, tandis que Cathy joue les chamanes remplaçantes. Je ne fais pas d'histoires pour ne pas crisper une situation déjà hautement stressante, mais non seulement je ne suis pas convaincu que Marie-Christine soit disposée à se faire « hypnotiser » par ses élèves, mais je la soupçonne en plus de nous maudire intérieurement pour cette épreuve supplémentaire.

Quand enfin, après les sept minutes les plus gênantes de ma vie, les ambulanciers arrivent, ils marquent un temps d'arrêt en voyant notre petit dispositif puis, dans un sursaut de professionnalisme, se dirigent vers ce qui reste de notre coach bonheur.

— Dégagez, s'il vous plaît !

— C'est bon Cathy, tu peux arrêter maintenant, je lui signifie.

Marie-Christine brame tellement que le médecin prend immédiatement la mesure de la situation. L'équipe médicale l'installe avec une infinie précaution sur la civière.

La tension monte encore d'un cran. Nous les regardons partir, inquiets à l'idée de l'abandonner dans cet état.

— Elle est vraiment mal ! se désole Nicolas, très marqué lui aussi.

— Oui, j'ai eu une hernie moi aussi, mais je ne souffrais pas autant et pourtant ça faisait un mal de chien ! je confirme.

— J'espère qu'elle s'en remettra, ma femme était aussi l'ombre d'elle-même à la fin…, compatit à son tour Jacques, très pâle.

Tandis que les sirènes de l'ambulance s'éloignent, nous nous regardons, penauds et perdus, ne sachant que faire, déstabilisés par le départ brutal de Marie-Christine. On était dans *La soupe aux choux* et en quelques minutes on a basculé dans *Urgences.*

— Bon ben..., je balbutie en voyant enfin l'occasion d'échapper à une situation embarrassante.

— Allez, on ne va pas se laisser abattre ! Marie-Christine n'aurait pas voulu cela ! tente Cathy, galvanisée. J'ai déjà fait ce stage, je connais le programme, on a les accessoires, les déguisements de clowns, on ne va pas s'arrêter en si bon chemin ? Il y avait une telle énergie hier... je peux la remplacer !

Nous la regardons, ahuris.

— Euh... c'est un petit peu déplacé je trouve, rétorque Hélène, choquée par l'opportunisme de Cathy.

Quant à moi, il n'en est pas question. C'était déjà gênant hier, mais alors sans Marie-Christine et avec Cathy, ce serait carrément sinistre.

— Désolé mais je trouve aussi que ce serait inapproprié, et sans vouloir te vexer Cathy, tu n'as ni les qualifications ni les compétences pour reprendre le flambeau, je dis pour couper court.

— Je suis d'accord avec Hélène et Jean, Cathy, enfonce Jacques, même si je comprends que cela parte d'un bon sentiment, mais je suis moi-même très éprouvé. Assister aux souffrances de Marie-Christine a ravivé des souvenirs douloureux et je préfère rentrer me reposer.

Pour Cathy, la déception est immense. Elle a cru, l'espace d'un instant, qu'elle avait l'étoffe d'une rigologue.

— Je vois. Je disais ça comme ça, parce que je trouvais dommage qu'on en reste là, et c'était une façon d'honorer le travail et l'énergie de Marie-Christine. Et comme la salle est réservée, qu'on a tous payé pour ce stage et que nous sommes là…, tente-t-elle une dernière fois.

Sous ses airs de Betty Boop fatiguée, Cathy est une relou. Je décide une bonne fois pour toutes de mettre fin à ce traquenard et de prendre congé de mes camarades.

— Bon, vous m'excusez mais cette fois, j'y vais ! Allez, salut !

Je pars presque en courant, de peur que Cathy ne fasse une ultime tentative de putsch.

L'air extérieur me fait l'effet d'une délivrance. Je suis aussi désorienté qu'un prisonnier fraîchement échappé et qui ne sait pas encore comment occuper sa liberté retrouvée. Je marche au hasard dans la rue. Tout ce que je sais, c'est que je ne souhaite pas rentrer tout de suite. J'ai besoin de m'aérer, de déambuler, de parler. Mon premier réflexe est de prévenir Françoise par SMS :

> « Tu ne vas pas me croire, Marie-Christine a été évacuée en URGENCE, ce serait une sciatique paralysante, ça nous a tous coupé l'envie de rire !! »

Puis je me décide à aller saluer Didier. Après tout sa librairie est à deux pas et je ne lui ai pas reparlé depuis ma piètre proposition d'exposer dans sa boutique. Quand il a ouvert son magasin, il y a une dizaine d'années, je faisais alors partie des auteurs régionaux mis à l'honneur. J'étais une vedette locale. Aujourd'hui, faute de nouveautés, je suis relégué dans le coin occasions. Les mangas sont omniprésents et les lecteurs préfèrent lire des romans graphiques plus sociétaux sur l'autisme, le harcèlement scolaire ou la Corée du Nord. Les codes ont changé et la BD franchouillarde n'a plus la cote.

À cette heure matinale la boutique est vide, malgré une vitrine bien achalandée avec les figurines de *One Piece* qui trônent en bonne place. À quelques semaines de Noël, Didier met déjà toutes les chances de son côté. Pour lui, l'enjeu est crucial, c'est le chiffre d'affaires de l'année qui se joue sur quelques semaines. Je passe la porte, plus tendu que je ne voudrais, mais Didier me rassure vite en m'accueillant avec un sourire chaleureux.

— Hé ! Salut Jeannot !

Françoise n'aime pas qu'on m'appelle comme ça, à cause d'un autre « Jeannot », un simple d'esprit qui la poursuivait elle et ses copines quand elle était petite. Moi je suis plutôt du genre arrangeant.

— Salut Didier, tu vas bien ? Je passais dans le coin alors je me suis dit que j'allais venir te saluer.

— C'est sympa ! Qu'est-ce que tu fais en ville à cette heure ?

— Ben tu sais le stage à la noix là, pour mon anniversaire... D'ailleurs je crois que Françoise t'a demandé de participer, je suis vraiment désolé.

— Tu rigoles ? Ça m'a fait plaisir ! Et puis ça avait l'air original... Tu l'as fait ? demande-t-il.

— Ouais ! je réponds en forçant sur le sourire, j'en sors d'ailleurs. En fait la nana qui animait le stage vient d'être évacuée en ambulance.

— Non ?

— Si ! Une espèce de sciatique paralysante, c'est hyper impressionnant, je n'avais jamais vu ça ! C'est comme une hernie, mais en mille fois plus douloureux, tu vois ? Tu peux même finir en chaise roulante si tu n'es pas opéré à temps. On a bien cru qu'elle allait nous claquer dans les doigts !

— Ah merde !

— C'est arrivé là, y a même pas vingt minutes.

— La vache !

— Ouais, ça nous a tous surpris, surtout que la veille, elle nous avait fait tout un topo sur les bienfaits de la rigologie sur la santé, et bam ! La nana part direct sur un brancard aux urgences ! je ris de bon cœur.

— Ah, là, là ! C'est dingue ! Bonjour le cadeau !

— Ouais, du Françoise tout craché ! Elle gobe n'importe quoi, surtout si c'est écrit dans la rubrique psychologie ! je plaisante.

— M'en parle pas, j'ai la même à la maison !

Nous rions d'une même connivence virile.

Un tintement me prévient de l'arrivée d'un SMS.

— Ah ben tiens, quand on parle du loup…

Je découvre la réponse de Françoise :

> « Oh là là ! Mais dis-moi que c'est un gag ?? Au fait j'ai eu une idée : pourquoi tu n'irais pas faire des caricatures à Saint-Malo, au départ du petit train ? Ça te ferait des sous et de la pub ! ☺ »

— Ça va ? Mauvaise nouvelle ? s'inquiète Didier devant ma mine effarée.

— Heu… Non c'est rien, c'est heu, des bricoles à acheter ! Bon, écoute, je ne vais pas te déranger plus longtemps.

— Mais tu ne me déranges pas… et puis je voulais te dire… par rapport à ce qu'on s'est dit… heu… pourquoi pas hein, mais après les fêtes, alors ? Et puis ce qui serait carrément mieux, c'est de le faire quand tu auras une actu ? T'as pas un album en préparation ?

— Si, si, mais je préfère ne pas le dévoiler tout de suite, tu vois, comme c'est un projet très différent de mes précédents albums, j'attends que ce soit bien avancé pour en parler.

Je me découvre un don pour le bluff.

— Ah super ! Ben ouais, carrément, avec plaisir, quand tu veux ! C'est chez qui ? Jungle ? Bamboo ?

— Allez, faut que je file, je dis en prenant un air évasif et mystérieux, salut Didier et n'oublie pas, je te dois un coup.

— Salut, quand tu veux Jeannot !

Je m'éloigne vite, encore mortifié par le SMS de Françoise. Je le relis, incrédule. Et pourquoi pas faire la manche en gribouillant à la craie sur les trottoirs pendant qu'elle y est ? Une fois de plus elle n'a pas compris que dans mon métier, il faut faire envie plutôt que pitié. Ce n'est pourtant pas faute de lui avoir expliqué. Ce n'est pas comme à l'hôpital où plus un patient est mal et plus il se fait dorloter. Dans l'édition, comme dans le divertissement, c'est le contraire, il faut donner une bonne image de soi. On planque ses problèmes derrière un sourire de façade, sinon, les gens vous fuient. Énervé, je décide de passer à l'hôpital. Je vais demander à Françoise d'arrêter. J'en ai ma claque de faire les frais de ses « bonnes idées » (est-ce que je lui dis, moi, comment piquer le cul de ses patients ?) et avec un peu de chance Marie-Christine y sera, elle aussi. Elle sera peut-être en état de répondre à mes questions, notamment pour savoir comment me faire rembourser, parce que j'ai la nette impression de m'être fait arnaquer !

## 16

Arrivé sur le parking de l'hôpital, ma colère retombe à plat comme un plongeur maladroit. C'est toujours un choc pour moi de mettre les pieds dans un tel établissement, à la fois moderne et vétuste, où toute l'humanité se croise. J'oublie à quel point ça doit être difficile pour ma femme de passer ses journées en compagnie de tous ces malades, ces personnes en souffrance. J'évite de croiser leurs regards. Certains font vraiment peine à voir, des silhouettes hagardes en pyjama qui s'accrochent à leurs perfusions comme à une bouée de sauvetage. À force de passer mes journées seul, j'oublie mon statut de privilégié. Je suis tellement peinard, sans vis-à-vis avec la maladie, à titiller la blagounette, dans la solitude douillette de mon atelier. Je monte à l'étage en évitant de m'attarder sur ces peaux translucides où le sang semble s'être retiré comme la mer sur le sable à marée basse. C'est un spectacle éprouvant. Certains regards semblent déjà morts. Sans compter cette odeur écœurante, un mélange de détergent et de médicaments qui me prend à la gorge. Je regrette déjà mon initiative et suis prêt à faire demi-tour quand j'aperçois la salle des infirmières. Je n'ai pas prévenu

Françoise de ma visite, après réflexion je redoute de tomber mal. Je passe la tête dans la petite pièce surchauffée qui sent le café froid, mais n'y trouve personne. En sortant je me cogne à un jeune malade.

— Excuse-moi, pardon mon bonhomme !

— Aïe ! Aïe ! dit-il en se tordant de douleur.

Merde, quel con ! Qu'est-ce que j'ai fait ?

— Ha, ha, la tête !! s'esclaffe-t-il, hilare.

Je regarde ahuri ce gosse maigrichon qui flotte dans un survêtement Nike kaki.

— Ça va monsieur, vous inquiétez pas, y a pas mort d'homme ! Pas encore !

— Tant mieux…, je réponds, soulagé, excuse-moi, tu m'as surpris en fait, je cherche ma femme.

— Votre femme ? Elle a quoi ?

— Heu… rien, je réponds, pris de court, elle est infirmière.

— Ah ! C'est laquelle, une babtou ou une black ?

— Une brune, la cinquantaine, plutôt jolie, Françoise…

— Ah oui Françoise ! Elle est sympa ! Elle m'a montré des photos de ses enfants, ils font du kung-fu en Chine, pas vrai ? dit-il en se lançant dans une démonstration approximative d'arts martiaux.

— Oui, c'est vrai, Erwan et Gwenaëlle, ils font le tour du monde…

Je l'observe sans oser vraiment le dévisager. Sa casquette couvre un crâne lisse, il a le visage mangé par des cernes noirs, mais ses yeux, dénués de cils et de sourcils, pétillent de malice. Il a entre douze et quatorze ans, avec son petit gabarit, difficile à dire.

— Moi aussi je vais partir bientôt. Dans l'espace, comme Thomas Pesquet ! J'ai mon ticket pour les étoiles, sauf que j'ai que l'aller ! Je rigole ! Je vais pas mourir tout de suite ! Mais dans trois mois inchallah ! Je rigole !

— T'aime bien rigoler toi… Tu t'appelles comment ?

— Arsène ! dit-il en bombant son torse maigre.

— Enchanté Arsène, moi c'est Jean, si tu vois Françoise, tu veux bien lui dire que je suis passé ?

— Vous me donnez combien ?

— Je ne sais pas, je ne suis pas sûr d'avoir de la monnaie sur moi…, je dis en palpant mes poches.

— Vous avez pas un billet plutôt ? C'est pour la recherche… pour le cancer ! glousse-t-il.

Je suis désarçonné par son culot.

— Hé monsieur…

— Jean.

— Ouais Jean, vous voulez pas faire le guet ? Le temps de leur préparer une petite surprise…

Et voilà le gamin qui se faufile dans la salle de repos des infirmières, s'empare de leur sucrier et y déverse une bonne dose du sel.

— Mais qu'est-ce que tu fais ?

— Chut… y a pas de raison qu'on soit les seuls à se faire empoisonner, t'as déjà goûté leurs plateaux-repas ?

— Jean ?

Je sursaute en apercevant Françoise qui arrive droit vers nous.

— Arsène, qu'est-ce que tu fais là ? Allez oust ! File dans ta chambre ! Il faut que tu te reposes, sinon je vais finir par t'attacher ! gronde-t-elle sur un ton qui m'est familier.

Arsène lève les yeux au ciel et s'éloigne en me lançant un clin d'œil complice.

— Et toi ? Qu'est-ce que tu fais là ? me demande Françoise en me poussant vers la salle de repos.

— Je sais pas, je voulais passer prendre des nouvelles de Marie-Christine, qu'est-ce qu'il a ce gosse ? je chuchote.

— Arsène ? Leucémie.

— Ah merde. Et c'est grave ? Enfin, je veux dire, il va s'en sortir ? je demande, la gorge nouée.

— On fait tout pour en tout cas. Tu aurais dû me prévenir !

— Oui, non, je sais, c'est bête, mais je pensais peut-être voir Marie-Christine, ça nous a fichu un coup de la voir comme ça ce matin.

— À cette heure elle est au bloc ou en salle de réveil, tu veux que je regarde ? De toute façon tu ne pourras pas la voir… Ça va ? T'es tout pâle. Tu veux pas t'asseoir et prendre un Coca ?

Je me sens bête. Je venais égoïstement demander des comptes à Françoise et maintenant c'est elle qui s'inquiète pour moi alors que je n'ai rien. Rien de pathologique en tout cas. J'ai honte, honte de l'accaparer alors qu'elle a de vrais malades, comme ce gosse, à gérer.

— Oui, oui, ça va… c'est l'odeur, j'ai du mal, bon excuse-moi, je te laisse, à ce soir, je dis en m'éloignant.

— Hé !

— Quoi ?

— Ben tu ne m'as pas répondu !

— À quoi ? Ton SMS ?

— Oui, pas bête, non ? me sourit-elle.

J'ai un nœud dans la gorge. J'aimerais tellement qu'elle ne me l'ait jamais envoyé, qu'elle n'ait pas eu cette idée humiliante. Qu'elle ait un peu plus d'ambition pour moi plutôt que de m'envoyer faire la manche au départ du petit train. Et pourquoi pas faire une animation ballons, pendant qu'elle y est ? Déguisé en clown.

— Quoi ? C'est pas une bonne idée, c'est ça ?

— Qu'est-ce que tu veux que je te dise ?

— Mais ton métier, c'est de dessiner, non ?

— Oui. Mais pas n'importe comment, ni n'importe où.

Elle lâche un long soupir.

— Toujours aussi borné !

Je ne suis pas borné, mais lucide. J'aimerais qu'elle comprenne que je suis un créateur, un auteur, ce n'est pas parce que je « dessine des blagues » qu'il ne faut pas prendre mon travail au sérieux. Je consacre un an de ma vie à faire un album, qui sera présenté en trente secondes chrono par des commerciaux à des libraires qui devront se faire une idée en cinq minutes, j'exagère à peine. C'est ça, mon job. Et avec beaucoup de chance, au bout de cette chaîne, il y aura des lecteurs. Être en lose ne devrait faire pas de moi un loser, merde. Je préférerais donner des cours de dessin. Tiens c'est pas con. Je repars en pensant à la mauvaise blague d'Arsène. Il est marrant ce môme. Étonnant et revigorant, et tellement malicieux. Difficile de croire qu'il est gravement malade. Il doit tourner en rond dans sa chambre le pauvre. Comme si c'était sa place. J'espère qu'il va s'en sortir. J'étais parti pour faire tourner les serviettes avec les copains dépressifs et je me retrouve à sourire devant les blagues potaches d'un enfant malade. Je suis un peu retourné. J'ai envie de rentrer. Retrouver mon atelier. Arsène m'inspire avec son petit corps décharné et ses grands yeux pétillants. J'ai envie de le croquer, de mettre sur papier cet élan de vie et j'espère bien rendre justice à son courage.

## 17

Marie-Christine est allongée nue sous moi, impudique et offerte. Ses seins laiteux parsemés de taches de rousseur dardent de plaisir. Tel un étalon en rut je la chevauche avec ardeur. Tout mon corps est électrique. Le sexe en feu, je la pénètre sauvagement. Je suis un dominant, un mâle alpha, une machine à jouir, infatigable et endurante, un vrai performer. C'est torride et jouissif. Grâce à mes muscles d'acier, je la prends et la retourne comme une crêpe. Marie-Christine rugit de plaisir. Elle en redemande même en balançant lascivement son bassin sous mes coups de rein. Son visage disparaît sous sa crinière rousse, sous sa chevelure, je l'entends qui halète et remue sa tête comme une femelle en extase. Je me sens puissant, viril, excité comme jamais. Marie-Christine hurle un peu plus, déchaînée à chaque coup de butoir. Soudain ses cris deviennent plus aigus, désespérés. Marie-Christine hurle toujours, mais de douleur cette fois. Elle me griffe, se débat, tente de me repousser et pleure comme si chaque coup de queue était un coup de lame. Emporté dans mon élan, je ne peux plus m'arrêter. Impossible de me retirer. Marie-Christine lutte pour m'échapper, dans un rictus effrayant, le visage défiguré par la douleur, je me réveille en sursaut.

C'est moi qui ai crié. À mes côtés Françoise me tapote le dos d'une main molle et engourdie. Je mets un certain temps à effacer l'image infamante de Marie-Christine sous moi. Dans un réflexe, ma main se glisse dans mon caleçon et je constate avec soulagement que mon sexe est égal à lui-même, totalement amorphe. Je n'en ai jamais été aussi heureux. *Good boy* Popol.

— Encore le camion ? marmonne Françoise dans un demi-sommeil.

— Oui, putain de camion, je murmure, honteux.

Quel cauchemar tordu ! Je suis horrifié par mon esprit détraqué. Mais que m'arrive-t-il bon sang ? Comme si cette pauvre Marie-Christine n'avait pas suffisamment trinqué comme ça. Il faut vraiment être un pervers pour imaginer un truc pareil. Je suis troublé par le réalisme et la puissance de cette scène d'horreur. Je pense à Marie-Christine allongée sur son lit d'hôpital et j'ai honte.

# 18

— Tu devrais peut-être consulter ? Pour tes cauchemars je veux dire. Je sais que tu as subi un traumatisme enfant, mais ce n'est pas normal de rêver de se faire écraser par un camion toutes les nuits !

Françoise ne perd pas de temps, il faut dire que la psychologie, c'est son dada. J'admire sa ténacité, aussi agaçante soit-elle. Mais pour moi, la question ne se pose pas, pour la simple et bonne raison que jamais je ne pourrais raconter celui de la nuit dernière. Jamais. Je me sens rougir rien qu'en y repensant. Et pas besoin d'un psy pour comprendre que mon inconscient a voulu réparer mon ego en berne, même si ça a fini en eau de boudin, à l'image de cette journée d'hier.

— Hum..., je dis en beurrant consciencieusement ma tartine.

— Tu m'écoutes, Jean ?

Je ne fais que ça l'écouter me prodiguer des conseils à longueur de journée. L'enfer est pavé de bonnes intentions.

— Je t'écoute, Françoise.

— Et ? s'agace-t-elle.

— Et j'aimerais me réveiller tranquillement.

J'aimerais surtout ne pas avoir à repenser à ce cauchemar. S'il était d'une certaine façon « plaisant » au départ, la chute était sordide. Maintenant que j'ai l'esprit plus clair, les idées se bousculent. Est-ce que j'ai vraiment désiré Marie-Christine (Marie-Christine !) ?

— Bon, de toute façon je ne sais même pas pourquoi je te parle, tu es réfractaire à tout ! dit-elle en quittant brusquement la table.

On dirait que c'est elle qui a mal dormi.

— Ben si tu connais déjà mes réponses, pourquoi tu t'énerves ?

Françoise me lance un regard noir.

— Vas-y, consulte, toi.

— Mais moi je ne fais pas de cauchemars ! Je n'ai pas tous ces problèmes…

— Pourtant tu as l'air d'en avoir un gros, avec moi ! je souris, narquois.

— Tu m'horripiles.

— Quoi que je fasse, je t'énerve, je dis en mâchant ostensiblement ma tartine.

Après toutes ces années, j'ai appris moi aussi à planter mes banderilles. La réponse du torero au sniper. Non pas que je veuille la blesser, mais il faut bien que je me défende.

— Bon, j'y vais ! dit-elle en me fixant, comme pour me donner une dernière chance.

— Il est hospitalisé combien de temps Arsène ?

— Arsène ? C'est trop tôt pour le dire… Il est au tout début de son traitement, c'est la phase d'induction, pourquoi ?

Je devine plus que je ne comprends son jargon médical.

— Comme ça. Il est marrant. Je l'ai un peu croqué hier, ça l'amuserait peut-être de voir mes dessins ? Je peux venir le voir ou il faut être de la famille ?

— Il faut que *lui* soit d'accord, sa famille, ça ne devrait pas poser de problème, et ça pourrait lui changer les idées. Tu veux faire du bénévolat maintenant ? s'agace-t-elle.

— Je sais pas si on peut parler de bénévolat… plutôt d'une visite amicale ?

Françoise me regarde attentivement.

— Tu sais, faut être solide pour ce genre d'initiative. Il n'est pas toujours d'humeur à plaisanter Arsène, hier il était dans un bon jour, mais attends de le voir fatigué ou nauséeux… Crois-moi, c'est moins rigolo.

— Raison de plus pour aller le voir, je réponds, bravache.

Elle lâche un soupire.

— Quoi ? C'est pas une bonne idée ? je m'étonne.

— Je ne sais pas si tu es vraiment d'attaque pour ça. Ton stage de rigologie c'était pour te changer les idées, que tu t'amuses et que tu sortes, que tu voies du monde ! Je sais bien que c'est malheureusement tombé à l'eau, mais ce n'est pas en allant au chevet de malades que tu vas retrouver le sourire. C'est un hôpital, pas un festival ! lance-t-elle en partant.

J'avais bien compris. Françoise est contrariée. Elle préfère me voir infantilisé par Marie-Christine à faire des risettes comme un gros bébé sur son tapis rose. (Mon rêve lubrique de cette nuit ne tiendrait-il pas plutôt de la vengeance ?) J'ai du mal à la suivre. Parfois c'est l'osmose comme hier, mais le plus souvent, c'est comme s'il y avait un mur d'incompréhension dressé entre nous. Et je ne me souviens pas quand la première brique a été posée. De même que je ne me souviens pas quand pour la dernière fois nous avons fait l'amour. Vraiment fait l'amour, je ne parle pas d'un coït besogneux vite interrompu faute d'ardeur... Je mâchouille ma tartine sans appétit. Je me sens triste et abandonné comme les restes du petit déjeuner. J'avale une gorgée de café – sans lait depuis que Françoise a décrété que ça me facilitait la digestion – et soudain tout s'éclaire. Je veux mon café au lait ! Je veux de la baguette et pas du pain complet, au seigle ou sans gluten ! Je n'ai pas de problème de transit moi. Je déteste voir Françoise diligenter ma vie. Comme si j'étais un éternel petit garçon en faute. Je ne supporte plus sa façon condescendante d'appréhender mes besoins, comme si j'étais incapable de les connaître. Ça me fout les boules. Depuis qu'Erwan et Gwenaëlle ont définitivement quitté la maison, qu'ils sont partis faire du surf à Bali et du kung-fu en Chine, je suis devenu sa marionnette, son chienchien, son pantin. Pas étonnant que je sois devenu asexué. À longueur de journée c'est : fais pas ci, fais pas ça ! C'est pas bon pour toi ! Souris ! Avale ton charbon, mange tes brocolis ! Problème d'inspiration, d'érection ? Va faire un stage de rigologie ! Tu aimes ZZ Top ? Eh ben tu vas danser sur la *Macarena* ! Au pied ! Coucouche panier ! Pas bouger !

Françoise s'est transformée en mégère exaspérée par son incapable de mari. Elle m'étouffe, je n'en peux plus de l'entendre me prodiguer ses conseils foireux. Elle me couve comme un impotent. Je bouillonne de colère. Comme si le sang coulait à nouveau dans mes veines. Je ne vais tout de même pas me faire ratatiner par une bonne femme ? J'ai eu ma dose avec Marie-Christine ! (Qui n'a eu que ce qu'elle méritait.) Et si moi j'ai envie d'aller montrer mes dessins à Arsène, je les lui montre. Je l'aime bien ce gosse, il m'a tapé dans l'œil et ça ne la regarde pas ! Madame n'est pas contente ? Elle ne cautionne pas ? Que Madame aille se faire voir ! Je me lève comme un homme et me dirige d'un pas viril vers mon atelier, je débarrasserai plus tard, quand j'aurai le temps. Quand j'en aurai l'envie, bordel.

# 19

Je regarde attentivement mes crayonnés de la veille et j'en suis plutôt content. Arsène est un personnage intéressant, tout en contrastes. Sa silhouette fragile est émouvante. Elle disparaît sous un survêtement que j'ai dessiné volontairement trop grand. J'ai un peu relevé la visière de sa casquette à la façon de Riri, Fifi et Loulou pour mettre en valeur ses yeux et ses cernes, qui lui font perdre ce côté naïf et enfantin. C'est à la fois drôle et flippant. Mais je me demande ce que le vrai Arsène va en penser ?

Est-ce que ça va lui plaire ? Ou va-t-il mal le prendre ? Peut-être n'a-t-il pas envie de se voir ? Surtout comme ça ?

À quoi ressemblait-il avant la chimio ?

Était-il brun ? Blond ? Pas roux en tout cas, à moins qu'il n'ait aussi perdu ses taches de rousseur. Avec ses yeux noisette, je pencherais pour brun ou châtain. Je m'amuse à le dessiner tel que je l'imagine, avant qu'il ne rentre en guerre contre la maladie. Je gomme les cernes et les joues soufflées à la cortisone et le coiffe d'une jolie tignasse. Exit la casquette. Il est beau. Je le remplume un peu également. Sous mes traits, Arsène retrouve la forme et devient un jeune ado parmi les autres. Comme l'était Erwan à son âge. Ça le rend plus commun, mais pas moins spécial. Pas à mes yeux en tout cas. Ça m'a pris quelques minutes pour lui refaire une santé. Il lui faudra combien de temps dans la vraie vie ? Son état peut-il empirer ? Je n'ai jamais été confronté de près ou de loin à la maladie, encore moins chez un enfant. Dieu merci nous avons été épargnés. Et les rares fois où nous avons dû aller aux urgences c'était pour des broutilles, quelques points au menton ou à l'arcade sourcilière après une séance d'escalade ratée dans les rochers ou une chute de vélo. Jamais rien de grave. Que du banal. Mes enfants vont bien. Dans les albums ou sur les photos de leur blog de voyage ils irradient de bonheur et de santé.

Françoise a peut-être raison, après tout, je ne sais pas où je mets les pieds. Elle, c'est différent, c'est son quotidien. Toute la journée elle est confrontée à des gens diminués, affaiblis. Il arrive même que certains patients meurent. Et ça reste toujours un choc, malgré les années d'expérience, pour l'équipe médicale.

Elle veut seulement me mettre en garde. Je regarde les dessins que j'ai faits l'autre soir de Jacques, Cathy, Hélène et Nicolas, mes compagnons de stage. La différence est flagrante. Leurs sourires tiennent plus de la grimace, ce sont des rictus sans joie, sans malice, sans vie. Marie-Christine a même les yeux exorbités sur certains croquis. Comme si je les avais exécutés avec rage. À côté, ceux d'Arsène sont plus frais, plus doux, plus pétillants.

Je repense à notre rencontre d'hier, cette façon enfantine et spontanée qu'il a eue de m'aborder.

Comme si on était copains d'école. Et ce clin d'œil en partant. Presque familier. L'espace d'un instant le visage de Laurent s'est superposé au sien. C'était comme une apparition. Une invitation.

Je sélectionne les croquis les plus « gais ». Je ne veux surtout pas lui imposer une image de malade ou pire de mourant. Mon préféré est justement celui avec le clin d'œil. Il déborde de vie. J'admire sa capacité à rire dans de telles circonstances. Pour le prendre au mot je décide de faire son portrait en cosmonaute au milieu des étoiles. C'est ce dessin que je vais lui offrir. En m'exécutant je ressens quelque chose que je n'ai pas ressenti depuis très longtemps, de l'excitation. Des idées me viennent. Mes doigts fébriles ont retrouvé leur agilité d'antan, ils sont dans leur élément. Les traits se dessinent facilement, c'est comme une évidence. J'encre et je peaufine les couleurs au pastel. J'ai le cœur qui bat, comme pour une rencontre amoureuse. Je fonds pour ce personnage. Un petit miracle se produit sous mes coups de crayon. Même son prénom me plaît. Singulier et élégant. On le retient facilement. Arsène a le potentiel d'un héros. Mon héros. Mon esprit s'embrase. Pourquoi ne pas en faire une sorte de chevalier, en survêtement, avec une béquille en guise d'épée et une perfusion pour bouclier, qui combat la maladie avec courage et humour ? Je pourrais imaginer toutes sortes de gags dans un hôpital. Ça me plairait bien. Raconter le drame par le biais du rire. Bien sûr ça n'a rien à voir avec ce que j'ai fait jusqu'à présent, mais justement. Et qui sait, ça pourrait lui plaire ? L'amuser en tout cas ? Je m'emballe. Ça faisait longtemps.

Je vais déjà lui montrer son portrait en cosmonaute. Mais j'ai un peu peur de sa réaction. Et s'il trouve ça naze, ringard ou carrément bizarre ? On s'est vus quoi ? Quelques secondes ? Et je débarque le lendemain avec une série de portraits dans mes cartons… S'il me prenait pour un détraqué ou pire un vieux pot de colle ? Un pauvre type désœuvré qui ne sait plus comment tuer le temps ?

# Acte III – LEÇON DE RIRE

# 20

Chemin faisant, j'essaie de me représenter la scène, moi rentrant dans sa chambre, mes dessins sous le bras : « Coucou Arsène, c'est moi, Jean, tu te souviens ? Le mari de Françoise, tu sais la “babtou” ? » Dans le genre pervers c'est pas mal. Et aussi intrusif qu'un témoin de Jéhovah. Je me fais l'impression d'un commercial remonté à bloc qui déballe son boniment le pied coincé dans l'ouverture de la porte. Non, je ne peux pas débarquer comme ça. C'est un enfant, il ne me connaît pas. Et puis il est malade, il faut le ménager. Je sais que le traitement pour la leucémie est lourd, il sera peut-être en chimio ? Ou alors ce sera l'heure de sa prise de sang ou que sais-je ? Et s'il n'est pas bien ? Fatigué, nauséeux ?

Le mieux est que je laisse les dessins à Françoise, si elle veut bien les lui donner. Ou à une de ses collègues. Chantal ? Elle me doit bien ça après le coup du vide-greniers trempé.

Je me gare sur le parking, attrape mon carton et après une dernière hésitation, je me dirige vers l'entrée. Après tout, je ne fais rien de mal. Je suis sain de corps et d'esprit, ou à peu près. Je vais laisser les portraits, accompagnés d'un mot, avec mon téléphone qui l'invite à m'appeler si ça l'amuse. Voilà. Un petit clin d'œil amical, sans engagement. C'est un gamin, il sera sans doute flatté ou du moins intéressé de se voir tirer le portrait par un professionnel. Tous les enfants aiment la BD. Au moment de m'arrêter à l'accueil, je me rends compte que je ne connais même pas son nom de famille. Je décide de monter au poste des infirmières. Au passage je demande le numéro de chambre de Marie-Christine. Elle n'est pas dans le même bâtiment, tant mieux. Je préviens cette fois Françoise de ma présence par SMS, je laisse les ascenseurs aux invalides et monte par les escaliers. Une fois au bon étage, je me dirige, en apnée, vers le poste des infirmières.

— Bonjour…

— Bonjour, je peux vous aider ? me demande une collègue de Françoise en reposant son yaourt, sans doute sucré-salé.

— Oui, je suis le mari de Françoise.

— Oui ?

— Françoise Gouyette, l'infirmière.

— Ah oui Françoise ! Elle est occupée là, vous voulez que j'appelle ?

— Non, c'est inutile, je dépose ça pour un patient… Arsène. C'est un cadeau, j'ai fait sa connaissance l'autre jour, il comprendra. Vous voulez bien le lui donner ? C'est rien, c'est juste des dessins, deux, trois gribouillis, pas grand-chose…

Je m'enlise dans mes explications.

— D'accord. Mais puisque vous êtes là, vous ne voulez pas le lui offrir vous-même ? Si c'est un cadeau ?

— Non… je ne préfère pas, enfin, c'est plutôt que je suis pressé, parce que… je dois aller voir quelqu'un qui est hospitalisé dans l'autre bâtiment, une amie. Enfin, ce n'est pas une amie, c'est plus… une collègue. Enfin pas vraiment non plus une collègue… plutôt une connaissance… proche. Mais pas tant que ça, on n'est pas intimes non plus… (On n'a pas couché ensemble en vrai.)

L'infirmière me regarde d'un drôle d'air.

— Bon je ne vais pas vous déranger davantage pendant votre pause, je file, hein ? Allez, j'y vais, je dis en faisant la marche du crabe, bon yaourt !

Je m'éloigne vite avant qu'elle ne soit tentée d'appeler la sécurité.

« Bon yaourt » ? Je sens que je vais en entendre parler. Quel soulagement de ne pas avoir croisé Arsène, j'aurais réussi à le faire fuir ! Je m'engouffre dans les escaliers tout en ménageant mon genou.

Je me perds dans les couloirs, je suis oppressé, tous ces malades me donnent le tournis. Après m'être trompé à plusieurs reprises, j'arrive enfin à destination. La porte entrouverte de la chambre de Marie-Christine laisse échapper des voix. Elle doit être réveillée, c'est bon signe. Et là, je réalise, penaud que j'arrive les mains vides. La bourde. Préoccupé par Arsène, j'ai oublié d'acheter un bouquet de fleurs à Marie-Christine. Je n'ai pas le courage de redescendre lui acheter des revues ou une peluche farceuse, tant pis. Après tout ce n'est ni une amie, ni une proche, juste une rigologue mal en point. Peut-on parler d'accident de travail ?

Je ne suis pas très présentable avec mon dos tout collant de transpiration, j'ai perdu l'habitude de m'agiter autant. J'ajuste ma tenue avant de toquer à la porte.

— Entrez !

J'ouvre grand la porte et tombe, ô malheur, nez à nez avec Cathy. Elle non plus n'a pas perdu de temps.

— Oh ! Jean ! Quelle bonne surprise ! On a eu la même idée ! roucoule-t-elle.

Cathy s'avance vers moi pour me faire la bise. Derrière elle j'aperçois Marie-Christine, le teint pâle et les traits tirés, allongée dans son lit d'hôpital. Assis à ses côtés, se tient un homme en chemise bariolée, la cinquantaine, petit, moustachu, brun.

— Bonjour, je dis en lui tendant la main, je suis Jean, je faisais partie du groupe de rigologie de Marie-Christine…

— Enchanté, Bertrand, son mari.

Je me tourne vers Marie-Christine.

— Comment vas-tu Marie-Christine, pas trop fatiguée ?

— Elle est très fatiguée, mais l'opération s'est bien passée, pas vrai Marie-Christine ? dit Cathy, très à son aise.

La présence du mari finit de me paralyser. Des flashs de mon rêve lubrique m'assaillent, j'ai une vision de moi chevauchant Marie-Christine. Encore imprégné de ses cris, je me sens mal, coupable. J'ai l'impression que c'est ma faute si elle se retrouve clouée au lit, une perfusion dans le bras, dans cette chambre froide et impersonnelle.

Un peu plus et je me jette à ses pieds pour implorer son pardon.

Marie-Christine me sourit faiblement, son regard est vitreux. Elle a l'air de vivre un calvaire. Et si mon cauchemar de cette nuit avait aggravé son état ?

— Elle est sous morphine, poursuit Cathy.

Cathy se pavane, comme si elle tenait salon devant Marie-Christine alitée. Elle, qui jusqu'ici m'inspirait de la pitié, me fait presque horreur aujourd'hui. Quelle sangsue ! Moi-même j'ai honte. Quand je pense que ma première pensée pour Marie-Christine a été de demander à me faire rembourser…

— Tu sais que c'était une question d'heure ou de minutes ! Elle aurait pu rester paralysée ! se délecte Cathy, vous étiez sceptiques, mais Marie-Christine peut me remercier d'avoir pensé au cercle de joie, le tambour chamanique lui a fait du bien et l'a sauvée !

Je ne suis pas venu écouter Cathy fanfaronner sur ses exploits de la veille, bien que cela n'ait pas l'air de déranger Bertrand qui a tout du clown triste dans sa chemise aux couleurs délavées de l'arc-en-ciel.

— Je vais te laisser te reposer Marie-Christine, je dis en ignorant Cathy, je suis juste passé prendre de tes nouvelles, je suis désolé de ce qui t'est arrivé.

Marie-Christine me remercie du regard.

— C'est gentil Jean, c'est moi qui suis désolée, vous étiez tous formidables, formidables, marmonne-t-elle. Ne vous inquiétez pas, dans quelques jours ça ira mieux et pour me faire pardonner mon absence je vous enverrai des vidéos pour apprendre à rire tout seul et sans raison à la maison, ça marche bien aussi…, souffle-t-elle.

— Ah oui ! me confirme Bertrand, moi je le fais, cinq ou six minutes tous les matins pour attaquer la journée, ça recharge les batteries, comme un bon petit déjeuner !

J'acquiesce poliment. Personne n'a l'air de relever que c'est la plus rieuse d'entre nous qui est alitée, en ce moment même, dans cette chambre d'hôpital.

— Garde ton énergie pour guérir, je réponds, tu en as besoin. Je repasserai dans quelques jours ! Au revoir tout le monde !

— Au revoir Jean ! Ne t'inquiète pas, je veille sur elle ! me lance Cathy au nez de Bertrand.

Dans d'autres circonstances, Cathy me ferait sourire. Et si c'était elle la plus drôle de nous tous ?

# 21

— Comment ça va mon petit papa ?

Quel bonheur d'entendre la voix rieuse, même lointaine, de ma fille !

— Gwenaëlle ? Mais tu m'appelles d'où ?

— De Qufu !

— Qu quoi ?

— Qufu en Chine !

— Ah, vous êtes toujours dans votre école de kung-fu ?

— Oui, et on s'y plaît tellement qu'on a décidé de rester plus longtemps !

— Je suis content pour vous, ça me fait plaisir d'avoir des nouvelles en « vrai », mais ce n'est pas trop dur là-bas ? Ils sont gentils les Chinois ?

— Oui très gentils, mais c'est dur ! On s'entraîne tous les jours, j'ai des bleus partout !

— Ah bon ? Il faut te ménager ma chérie !

— Tu devrais nous rejoindre ! Ça te ferait du bien papa ! Pourquoi tu ne viens pas nous voir ? Maman m'a dit que tu n'avais pas trop de boulot en ce moment, à part le billet ce n'est pas très cher tu sais et c'est ouvert à tout le monde…

Ben voyons. Après la rigologie, le kung-fu, Françoise ne recule devant rien. Je ne sais pas ce qu'elle est allée encore leur raconter à mon sujet, mais le tableau ne doit pas être flatteur pour que Gwenaëlle m'invite à les retrouver en Chine. On aura tout vu. À croire que ma femme adorée cherche à se débarrasser de moi ?

— C'est gentil ma chérie, mais avec mon dos et mon genou je vous dérangerais plus qu'autre chose et ta mère se trompe, je suis justement sur un projet.

— Ah c'est super !

— Et comment va ton frère ?

— Très bien ! Je te le passe !

Je suis si heureux de les savoir toujours aussi complices. À leur naissance, on a entendu toutes sortes de théories alarmistes sur la gémellité. Comment l'un allait « manger » l'autre, mais avec eux ça a toujours été juste deux fois plus de bonheur. Erwan a toujours vu dans sa sœur son double au féminin, il s'est toujours montré bienveillant, admiratif et respectueux envers elle. Quant à Gwenaëlle, grandir aux côtés d'Erwan lui a donné confiance et une grande force intérieure. Elle ne s'est jamais posé de limites. Si Erwan pouvait escalader, courir, sauter ou surfer, alors elle aussi. Et pour nous, ils étaient les « jumeaux ». On ne différenciait pas le garçon de la fille. Ils ont toujours fonctionné en binôme, presque comme un couple fusionnel. Bien qu'ils soient dizygotes, ils n'ont jamais coupé le cordon. J'espère juste que le jour où l'un des deux connaîtra une histoire sérieuse, leur rupture se fera en douceur.

— Ah mon grand, ça me fait plaisir de te parler !

— Moi aussi papa !

Ils me manquent tellement, j'en ai les larmes aux yeux de les savoir si loin.

— Alors Erwan, ça te plaît tant que ça le kung-fu ?

— C'est génial, on s'est fait plein de potes, ici les gens viennent du monde entier, d'Inde, d'Allemagne, des États-Unis, mais on est les seuls Bretons ! Papa je vais t'envoyer une vidéo où je me fais casser un bâton sur le dos !

— Quoi ? Mais pourquoi tu fais ça ?

— C'est ça le kung-fu papa ! C'est la force physique et mentale !

Je ne sais pas quoi dire, sinon que je suis fier d'eux. Je ne suis pas sûr de les avoir élevés pour se faire bastonner en Chine, mais ils sont majeurs, et ça a plutôt l'air de leur réussir.

— Vous rentrez pour Noël ? Avec maman on serait contents de vous voir. C'est beau la Bretagne aussi, tu sais ?

— Non désolé, on pense rester encore deux trois mois à Qufu, tu sais ici Noël c'est abstrait ! Et pour la suite on verra.

On verra. C'est beau la jeunesse. À vingt-quatre ans ils ont la vie devant eux. Ils ne sont pas à quelques mois près. Ils ont le temps de flâner, de se perdre, de voyager, de s'enrichir de nouvelles cultures et de rencontres, plutôt que de passer Noël en chiens de faïence avec leurs parents. Je n'ai jamais été inquiet pour eux. Avec son job de webmaster, Erwan peut retrouver du boulot quand il veut, et avec sa formation de prof de yoga, Gwenaëlle s'en sort très bien également. À force de bourlinguer, ils sont devenus parfaitement anglophones. Quand je les vois si curieux, si épanouis, je me dis que j'aurais dû voyager plus, sortir plus souvent de mon atelier. Mais les élever et les voir grandir c'était dépaysant aussi. En tout cas c'était une belle aventure. Celle de toute une vie.

— Je comprends, vous nous manquez, je vous embrasse fort !

— Nous aussi papa ! Et inscris-toi sur Instagram, on a plein de photos !

Je raccroche le cœur serré. Mes enfants sont ma plus grande fierté. Et je suis triste et terriblement déçu de savoir que Françoise leur parle de moi derrière mon dos. Qu'elle me dénigre auprès d'eux et me fait passer pour un pauvre type désœuvré. Elle n'a pas le droit de me faire ça. Et si à ses yeux je suis devenu un boulet, qu'elle ait alors le courage de me le dire en face.

# 22

Cette histoire de voyage en Chine m'a gâché la joie de parler aux enfants. Comme un bout de viande coincé entre les dents, je n'ai pas réussi à me débarrasser de cette pensée perturbante. C'est trop grave pour que je laisse passer un tel affront. Il faut qu'on parle. Vingt-sept ans de mariage, c'est déjà un exploit en soi, je préfère qu'on se quitte sur une belle impression. Je n'ai pas envie de jouer les cocus pendant les prolongations. On a eu la chance de vivre une très belle histoire, je ne veux pas la ternir en restant coûte que coûte. Si Françoise en a marre de moi, qu'elle ne se donne pas la peine de m'expédier jusqu'en Chine comme un vulgaire Colissimo. Elle n'a qu'à avoir le courage de me quitter et surtout de me le dire. Et comme ça a l'air d'être compliqué pour elle, je vais lui faciliter les choses en nous concoctant une soirée « asiatique », avec au menu, nems, nouilles sautées au poulet, le tout servi dans un décor de circonstance (des parapluies en guise d'ombrelles). Dans ma tête tout est prêt. Je peux tout entendre, à condition que cela se fasse dans l'écoute et le respect. Il est vingt heures passées, elle ne devrait pas tarder à arriver. Je mets de la musique chinoise pour la touche finale, autant y aller à fond et finir en beauté. J'entends la voiture, la portière claquer, plus qu'une minute et notre histoire sera scellée. Elle ne pourra pas se dérober. Pour me mettre dans l'ambiance je l'accueille les mains jointes, façon Soleil levant.

— Salut, je suis crevée ! dit-elle sans rien remarquer d'anormal et en allant s'affaler directement dans le canapé.

Impérial dans mon rôle de maître de cérémonie, j'attaque les festivités.

— T'as faim ? J'ai acheté *chinois* !

— Ah super, merci… Moi aussi j'avais la flemme de cuisiner.

— J'ai pensé que ça te ferait plaisir, il y a longtemps qu'on n'a pas mangé *chinois*.

— C'est vrai… J'ai mal partout, après le dîner je me fais couler un bain et je dors !

Je lui tends une assiette de nems.

— Tiens, je me suis dit que ce serait aussi l'occasion de *chinoiser*…

— Merci, mais qu'est-ce que tu as ? T'es bizarre ? Et pourquoi tous les parapluies sont ouverts ? Tu sais bien que ça porte malheur ! Et c'est quoi cette musique horrible ?

— C'est *chinois*.

— Ben j'aime pas du tout, ça me tape sur les nerfs, j'ai mal à la tête.

— Ah, moi qui pensais que tu appréciais la culture *chinoise*…

— Je suis censée comprendre quelque chose là ? C'est parce que je ne t'ai pas rappelé ? Je n'ai pas eu une minute à moi aujourd'hui, c'était la folie.

Je la regarde avec un sourire qui se veut narquois.

— Bon, tu me dis ce qu'il y a ? s'agace-t-elle.

— J'ai eu les enfants au téléphone… ils sont toujours dans leur école *chinoise*.

— Je sais.

— Alors ? Gwenaëlle m'a dit que tu voulais m'envoyer en Chine, à huit mille kilomètres de toi ?

— Quoi ?

— Françoise, est-ce que tu as un amant ?

Françoise me regarde, éberluée. Elle bascule en arrière et part dans un fou rire monumental. Je perçois la feinte. Elle cherche à gagner du temps. Impassible, zen, j'attends qu'elle se calme.

— T'es con ! J'avais oublié comme tu peux être drôle ! dit-elle en s'essuyant le coin des yeux.

— Je ne vois pas ce que j'ai dit de si drôle.

— Je suis fatiguée, Jean… la journée a été épouvantable, Fabienne est en arrêt maladie, j'ai dû batailler pour prendre la tension d'une vieille dame colérique qu'on a fini par sédater, une autre qui refuse de s'alimenter, les familles qui t'engueulent, j'ai dû changer une cinquantaine de pansements, sans compter les perfusions à poser, la paperasse, les dossiers de sortie, les réunions avec les chirurgiens, je n'ai même pas eu le temps de déjeuner. Et maintenant, toi qui m'accuses d'avoir un amant ? Mais où es-tu allé chercher une idée pareille ? demande-t-elle en mordant avidement dans un nem.

Je la fixe, bien décidé à ne pas lâcher le morceau. Françoise semble chercher les mots.

— Sérieusement, Jean, tu m'as regardée ? *Bien* regardée ? demande-t-elle en s'empressant d'avaler sa bouchée. J'ai cinquante-sept ans, des rides, des cernes, du ventre, de la couperose, la peau flasque, les cheveux secs, le dos en compote et les pieds gonflés ! Tu crois vraiment qu'un interne ou un médecin a envie de me culbuter dans la réserve ? Et quand bien même ce serait le cas, tu crois que j'ai assez d'énergie pour ça ? dit-elle en s'essuyant, faute de serviette, les doigts sur son jean.

— Moi, je te trouve toujours belle.

Et c'est vrai qu'elle est belle et désirable. Bien sûr, elle s'est un peu empâtée, comme moi, mais ça lui va bien. Ça la rajeunit même. Je me suis peut-être emballé. L'invitation de Gwenaëlle était sans doute à mettre sur le compte de son enthousiasme à elle. Penaud, je m'avance pour la prendre dans mes bras. Mû par un élan amoureux, je l'embrasse timidement, tendrement, puis me fais plus pressant.

— C'est gentil Jean, mais je suis vraiment crevée ce soir…

— Laisse-toi faire, je gère…

Toujours cette propension à bluffer. Plus entreprenant que jamais, je glisse ma main dans son soutien-gorge, le contact magique de sa poitrine, pleine, chaude et si douce finit de me chavirer. Je la déshabille tout doucement et la prends, tant bien que mal, à la hussarde sur le canapé du salon. Comme au bon vieux temps, quand on se chevauchait joyeusement pendant les pubs (maintenant j'en profite surtout pour aller pisser). Galvanisé par la jalousie et mon endurance virtuelle de l'autre nuit, je mets un point d'honneur à la faire gémir doucement. C'est doux, tendre, voluptueux, un peu court peut-être, mais satisfaisant, je crois. En tout cas je n'ai pas à rougir de ma prestation. Je me sens bien, apaisé. Comme un homme qui a fait l'amour à sa femme. À moitié nus, enroulés dans le plaid, nous dégustons nos nouilles au poulet.

— Ah au fait, j'ai donné tes dessins à Arsène.

— Ah ?

— Il était content, ça lui a fait plaisir, il va t'appeler ou t'envoyer un message.

— Il va bien ?

— Ce n'était pas une bonne journée pour lui non plus… mais il a accroché celui en cosmonaute, je l'ai trouvé beau.

Je suis triste pour Arsène, mais soulagé que mon portrait lui ait fait plaisir. Je me rends compte à quel point j'ai été ridicule tout à l'heure. Françoise s'abîme la santé à soigner celle des autres et je ne trouve rien de mieux que de lui casser les pieds avec mes états d'âme de loser. Il est grand temps que je me plonge dans un nouveau projet, avec, je l'espère, la bénédiction d'Arsène.

# 23

« Salut Jean, c'est Didier, j'espère que je ne te dérange pas, mais tu as piqué ma curiosité l'autre jour. Je suis très intrigué par ce nouveau projet dont tu m'as parlé. Est-ce que tu as déjà une date de sortie pour ce nouvel album ? Tu ne m'as pas dit chez quel éditeur c'était, alors j'ai essayé de cuisiner le représentant de chez Glénat, mais il n'a pas voulu lâcher le morceau, ça a l'air top secret dis donc... C'est chez Glénat, je ne me trompe pas ? Delcourt ? Bon si tu veux bien m'en dire plus, qu'on organise une séance de dédicaces, un truc sympa quoi ! On s'en reparle à Ploërmel ? Tu vas toujours au festival ? Bises ! C'était Didier, de *Didier Bulles* ! »

J'écoute le message en boucle. Son appel m'a surpris, mais pas autant que son intérêt pour ce projet, qui n'en est pas encore un. Si j'avais su, j'aurais joué la carte mystère plus tôt. Sa réaction est stimulante, même si on ne peut pas encore parler d'album à ce stade. J'ai peur de m'être mis dans le pétrin. Je ne lui ai pourtant rien dit. Trois fois rien et encore, en restant vague. Qu'est-ce qui lui fait penser que je tiens quelque chose ? J'ai un personnage c'est vrai, Arsène, attachant et inspirant. Une thématique : la maladie, mais qui peut aussi rebuter. Et j'ai un décor : l'hôpital, et là aussi ça risque de déplaire aux plus sensibles. Graphiquement ce n'est pas très sexy. Et côté couleurs ce sera plutôt fade. Mais ai-je vraiment une histoire ? Trop tôt pour le dire. Et quand j'en aurai le début d'une, faut-il l'écrire comme une aventure avec un début, un milieu et une fin (gaie si possible) ? Comme une succession de scénettes humoristiques ? Une page, un gag ? Et aurai-je assez de matière pour ça ? Et puis il faut trouver le ton juste, la bonne distance. La leucémie, chez un enfant de surcroît, est un sujet sensible, casse-gueule, limite tabou. Je ne suis pas sûr que ça amuse beaucoup les lecteurs. Bref c'est compliqué. Et je dois convaincre Arsène de m'aider, à sa façon. C'est quand même lui ma principale source d'inspiration. Mais est-il en état de le faire ? Et si ça tournait mal pour lui ? Ou si sa famille mettait son veto ? Autant de questions qui n'en finissent pas de me faire douter. Et si je ne trouve pas d'éditeur ? J'aurais bossé pour rien et donné un faux espoir à un gosse malade. L'horreur. Est-ce que je ne me suis pas une fois de plus emballé ? Je pourrais en parler aux copains ce week-end. Je réécoute le message de Didier. C'est tellement bon à entendre. D'habitude c'est moi qui lui cours après. Allez, tout n'est peut-être pas fini pour moi. Une pensée me traverse comme une météorite, et si c'était Laurent qui m'envoyait un message ? Après tout, ce ne serait pas la première fois. Il y a des signes qui ne trompent pas. D'abord cette rencontre inattendue avec Arsène, puis l'intérêt soudain de Didier. Et c'est vrai que j'ai ressenti une étincelle en le dessinant. Et l'idée est belle et séduisante. Sans compter que je me suis avancé auprès des enfants. Je ne peux pas reculer. Il faut que j'essaie. Voilà, ça sent peut-être le bon projet ? Voire même le best-seller ? Même un moyen-seller ou un rikiki-seller, je suis preneur.

Je ré-ré-écoute le message de Didier et après je m'y mets. Si Arsène me contacte je dois avoir des planches à lui montrer. Et il faut que ce soit à son image : étonnant, joyeux et pétillant. Bref, vivant.

Cet album pourrait être un nouveau départ. Je n'attends que ça, d'être happé nuit et jour par ma table à dessin. Oublier cette débâcle qui m'entoure. Mes muscles qui fondent à la vitesse de la banquise. Mes fesses qui se creusent en loucedé, mon genou qui menace de se dérober à chaque pas et mes cheveux qui se font la malle. Et pourquoi ? C'est comme si la vie reprenait tous ses cadeaux. Et cette boule dans la gorge qui revient chaque matin, comme une boule de flipper, quand je suis confronté à mon reflet vieillissant. J'ai beau être devenu myope, je les vois mes traits qui s'affaissent, les poils qui viennent se loger sournoisement dans l'oreille, et ces poches sous les yeux qui gonflent comme une baudruche pleine de larmes…

Soudain la honte me gagne. Comment j'ose me plaindre ? Même si ce n'est pas toujours drôle, c'est une chance de vieillir. Un privilège même. Et comment vit-on la fatigue, la douleur, le découragement et même l'alopécie du haut de ses douze ou treize ans ?

Rongé par le remords je me mets au travail. Je croque Arsène sous tous les angles, je lui donne vie, comme je l'ai fait il y a plus de quarante ans pour Laurent mon frère. Sauf que mon gamin, lui, n'est pas mort, il est vivant et il donne tout ce qu'il a pour avoir un jour la chance d'être un vieux con comme moi. Et comme un signe du destin, arrive à ce moment même un SMS d'un numéro inconnu :

> « Salut Jean, c'est moi Arsène, merci pour le dessin il est cool, mais aujourd'hui j'ai plus une tête de zombie… ça t'inspire ? »

Et comment, mon bonhomme !

# 24

Je relève le défi lancé par Arsène. Pris d'une frénésie créative, je croque à tout va. Mes mains précèdent ma pensée. Je crayonne, j'affine, je corrige, je réessaie. Très vite je m'éloigne du dessin réaliste, l'idée n'est pas de l'effrayer, on n'est pas dans *Walking Dead*. Les zombies ont inspiré plus d'un auteur. En faisant des recherches je tombe sur un roman de Vincent Villeminot qui a écrit *Ma famille normale contre les zombies*, ça a l'air drôle, loufoque et ça se passe en Bretagne ! Je devrais le lire ou plutôt le lui offrir. Après plusieurs essais j'ai une série de portraits d'Arsène version zombie. On n'est pas loin du héros Tizombi du dessinateur William Maury. Pas grave, ce n'est pas du plagiat, ces dessins-là ne sont pas destinés à être publiés. Et je me suis plutôt inspiré du modèle « vivant ». Je lui ai creusé les joues et j'ai accentué la pâleur de sa peau et ses cernes. Pour le rendre plus rigolo, j'ai aussi exagéré les attitudes en lui faisant une démarche raide à la Frankenstein. Mais est-ce vraiment drôle ? Difficile à dire. C'est moins poétique, en tout cas, que Thomas Pesquet. Et plus je regarde mes croquis et moins je les aime. Je ne suis même plus sûr de vouloir les lui montrer.

Dessiner un enfant malade, qui est déjà l'ombre de lui-même, en zombie n'a rien de plaisant. Pour Arsène ce n'est pas du jeu. D'ailleurs, l'idée même est déprimante. Ce n'est pas une bonne piste. Je lui réponds :

> « Désolé Arsène, je ne suis pas très fort en zombie, mais si tu me donnes 48 heures, je te propose autre chose. Je peux passer te les montrer dans la semaine ? »

Pétri de doutes, je continue d'esquisser. Je cherche sans savoir ce que je vais trouver. Je repars sur mon idée première, un chevalier en survêtement Nike trop grand, une béquille qu'il manie à la perfection et une perfusion en guise de bouclier. Il lui faudrait peut-être une princesse à sauver et même pourquoi pas un dragon à combattre ? Ou une armée de dragons microscopiques ? Je laisse courir mon imagination, à ce stade je ne me bride pas, j'aviserai en fonction de sa réaction. Et ce week-end j'aurai peut-être une ou deux planches à montrer aux copains. Ce n'est pas simple de sortir de ses sentiers battus, de ses automatismes. Mais l'inconnu, c'est excitant aussi. Erwan a raison, parfois c'est bon de se faire mal.

# 25

Ce matin dans ma boîte mail j'ai trouvé une vidéo de Marie-Christine envoyée depuis son lit d'hôpital. Je l'ai regardée par curiosité et je n'ai pas été déçu. Je ne sais pas si c'est l'effet de la morphine, mais elle est bien perchée. Elle s'est filmée avec son portable, ses cheveux roux étalés en étoile autour de son visage blafard.

« Mes chers amis, je ne pouvais pas vous laisser sans nouvelles ! Je suis si triste de vous avoir abandonnés avant la fin de notre stage. Je voulais vous remercier de m'avoir si bien entourée quand j'étais au plus mal, quelle chance de vous avoir rencontrés Nicolas, Cathy, Jacques, Hélène et Jean ! Pour ceux qui n'auraient pas eu tous les détails vous devez vous demander ce qui m'est arrivé ? J'ai été victime d'une sciatique paralysante. Depuis des années je porte trop de choses sur le dos et hier matin, mon corps n'a plus été en mesure de faire barrage et il a cédé. J'ai flanché sous le poids de mes soucis. Je suis désolée que cela soit tombé (!) sur vous, mes merveilleux stagiaires. Nous avions si bien ri tous les six, ensemble, la veille ! Mais mon corps me contraint à l'arrêt. Il veut que j'arrête de courir à droite et à gauche. Ces dernières heures, qui ont été si éprouvantes, j'ai eu le temps de réfléchir et de méditer.

C'est tellement rare d'avoir l'occasion de se retrouver seul face à soi-même. Comme sur un plongeoir, on a peur du vide. Je vais vous avouer quelque chose, c'est effrayant pour moi cette solitude et ce silence. J'ai essayé de rire, mais c'était trop tôt, trop douloureux. Parfois il faut savoir ne pas rire, c'est cela que je voulais vous dire. Combien de fois ai-je esquissé un sourire pour ne pas pleurer ? Voyez où cela me mène ? Mes amis, vivez le moment présent ! Acceptez vos émotions comme elles se présentent à vous, même si elles sont négatives, surtout si elles sont négatives. N'ayez pas peur de pleurer ! Faites une place au chagrin, au doute et aux incertitudes. Le rire est une baguette magique qui se manie avec précaution, un cadeau du ciel, il faut savoir le doser, l'apprécier et le respecter. Je sais que cela peut paraître contradictoire avec ce que je vous ai enseigné lors de notre première journée, mais c'est vrai. On peut inviter le rire, le provoquer, mais pas le forcer. C'est cela que je voulais vous dire. Pardon, je suis là allongée devant vous sur mon lit d'hôpital à vous prodiguer des conseils alors que je suis au plus mal. Je souffre comme jamais. (Elle se met à grimacer.) Pardon, mais je me dois d'être sincère avec vous parce que je vous aime. Dans quelques jours j'espère sortir de l'hôpital et je serai alors mieux à même de vous faire une autre vidéo pour vous apprendre à rire chez vous, tout seul et sans raison. Parce que vous et moi on n'en a pas fini ! Le rire c'est la vie et tant qu'il y a de la vie, il y a de l'espoir !

Au revoir mes amis ! Et à bientôt j'espère. »

Merci Marie-Christine pour le fou rire, même si tu m'as ému aussi. Cette nana est cinglée. Je me demande ce qu'en ont pensé les autres ? Elle ne désarme jamais ! Sa prochaine intervention filmée promet déjà d'être culte.

## 26

J'ai rassemblé mon courage et mon travail de ces dernières heures pour les montrer à Arsène en priant pour qu'il ne soit pas déçu, lui qui voulait des dessins de zombie. Le trac me saisit devant la porte de sa chambre d'où j'entends une voix douce s'échapper. Ce n'est pas celle de Françoise. J'hésite quelques secondes avant de frapper.

— Ah salut !

— Salut Arsène, tu vas bien ?

De toute évidence non. Il est très pâle et a l'air épuisé, allongé dans son lit. À ma vue, il fait l'effort de se redresser. Mais d'un geste je l'arrête.

— Reste tranquille mon bonhomme.

Une jeune femme brune se tient à ses côtés.

— Bonjour… vous êtes le dessinateur ? demande-t-elle en désignant mon carton à dessins. Bravo ! C'est très beau !

— Je plaide coupable… Bonjour mademoiselle.

— C'est ma mère, tu peux lui dire madame, s'amuse Arsène.

— Ta mère ?

J'aurais plutôt dit sa grande sœur. Elle a l'air à peine plus âgée que Gwenaëlle.

— Solène, je préfère, dit-elle en me tendant la main, excusez-moi, mais il faut vous désinfecter les mains.

— Jean, enchanté, heu oui bien sûr !

Je me dirige penaud vers le distributeur de gel placé bien en évidence à l'entrée de la chambre. Quel imbécile. J'ai peur de m'être trompé. De toute évidence, je n'ai rien à faire au chevet d'un enfant malade. C'est la place d'une mère ou d'un père, pas d'un dessinateur en mal de projet. Arsène n'a pas menti, ce n'était pas une simple image quand il parlait de « zombie ». Je peine à reconnaître le gamin farceur de la dernière fois. Sa mère semble percevoir mon malaise.

— Puisque vous êtes là, je vais peut-être en profiter pour passer voir l'assistante sociale, ça vous dérange si je vous laisse tous les deux un petit moment ? Je n'en ai pas pour longtemps.

— Oui, oui bien sûr, allez-y pas de problème !

Elle sort en me souriant timidement, encore une fois je suis troublé par sa jeunesse. Elle pourrait être ma fille.

— Elle est jolie ta maman, tu lui ressembles, je dis en prenant sa place.

— Ouais, dans une autre vie…

— C'est pas la grande forme aujourd'hui on dirait… Tu veux un Coca ou quelque chose ?

— Non merci, je ne peux rien avaler à cause de mes aphtes.

Je peine à soutenir ce regard qui ne pétille plus. Mes mains tremblent un peu, je promène mes yeux pour chasser les larmes qui montent.

— C'est bien que tu l'aies mis là ! je dis en désignant son portrait en cosmonaute.

— Ouais, c'est cool… Tu sais, je crois que je vais y aller plus tôt que prévu dans les étoiles.

Je me racle la gorge et feins de ne pas avoir entendu en ouvrant mon carton à dessins.

— Tiens, je t'en ai amené d'autres, qu'est-ce que t'en dis ?

Je tends les dessins à Arsène qui semble peiner à attraper une feuille de deux grammes.

— Tu vois, je t'ai croqué sous toutes les coutures ! Ça te plaît ? Tu as vu, j'ai bien retenu les détails, c'est ton survêtement, que j'ai agrandi volontairement bien sûr, ta casquette…

Arsène observe, troublé, son double en fusain. Dans son regard éteint brûle une faible lueur d'étonnement. Peut-être est-elle due à la vitalité et à la palette d'expressions (une vraie gageure sans les sourcils) que j'ai mises dans mes dessins.

— Qu'est-ce que tu en penses ?

— C'est bien. C'est marrant.

— Ça te plaît ?

— Je crois, oui. D'habitude j'aime pas me voir, mais là, ça me plaît.

Dans mon cœur c'est le feu d'artifice, je n'aurais pas supporté de le décevoir, encore moins aujourd'hui, dans son état.

— T'as juste oublié mon cathé.

— Ton quoi ?

— Mon cathé, mon cathéter, dit-il en le désignant bien en vue, au-dessus de sa maigre poitrine.

Je voudrais pas qu'on croie que je suis naturellement moche… c'est un peu le seum quand même.

— Ah oui, j'avais pas vu, mens-je, attends je vais le rajouter, tiens donne, j'ai toujours mon matériel sur moi !

— C'est pour moi ? demande-t-il pendant que je m'exécute.

— Bien sûr, ils sont à toi !

— Cool. Si je meurs ma mère pourra les garder alors ?

— Heu… oui, oui bien sûr…

Je mets un temps infini à dessiner ce fichu cathéter. J'ai envie de me donner des baffes. Voir un vieux con pleurer sur son sort est la dernière chose dont ce gosse a besoin.

— Mais tu ne vas pas mourir Arsène, tu vas guérir, c'est pour ça que tu es à l'hôpital, pour te soigner. D'ailleurs si je t'ai apporté ces dessins, c'est parce que j'ai besoin de toi. Tu vois Arsène, tu as tellement de bagou que tu m'as inspiré. J'aimerais bien qu'on fasse une BD tous les deux, qu'est-ce que tu en dis ? Ça te plairait ?

Je me lance dans une diatribe pour retenir les larmes. J'ai envie de le serrer dans mes bras, de lui dire que ce n'est pas une petite leucémie qui va le rétamer. C'est un héros, mon héros.

Solène refait son apparition, la mine soucieuse. Elle aussi j'ai envie de l'enlacer. Elle paraît si frêle, si jeune, presque une ado avec son jean et ses baskets, pour affronter un tel drame. Françoise m'avait pourtant prévenu, c'est un hôpital, pas un festival.

Arsène lui montre les dessins. Elle s'extasie poliment, mais toute son attention se porte sur le sourire faiblard, mais fier, de son fils.

— Il veut faire une BD avec moi.

— C'est vrai ? s'illumine-t-elle, mais c'est génial, c'est une super idée !

Leur réaction me réchauffe le cœur. De toute évidence, Arsène aussi a besoin d'avoir un projet auquel se raccrocher.

— Vous êtes dessinateur professionnel alors ?

— Professionnel, je ne sais pas, mais je dessine des albums depuis plus de vingt-cinq ans en tout cas.

— Vous êtes connu ? Je suis désolée, à part les vieux Lucky Luke, je n'y connais rien en BD.

— Ne vous excusez-pas, moi non plus je n'y connais rien !

Je réussis à les faire rire avec mon humour à deux balles. Quand soudain l'inquiétude surgit dans les yeux de Solène.

— Ça ne va pas Arsène ?

— Je vais vomir.

Elle lui tend déjà le bassin. Plié en deux Arsène vomit de la bile…

— Pardon…, souffle-t-il.

Je sors pour appeler une infirmière. Mon cœur s'emballe, mes mains tremblent, mes jambes flanchent, je prends appui contre le mur. Putain que c'est dur. Solène s'avance vers moi inquiète, je me détourne, embarrassé.

— Ça va ?

— Je suis désolé, quand je l'ai croisé l'autre jour il n'était pas comme ça, je savais qu'il était malade, mais je n'avais pas réalisé la gravité de son état. Je n'ai pas l'habitude, comment va-t-il ?

— Il se repose, je vais dehors fumer une cigarette, vous m'accompagnez ?

— Oui, ça me fera du bien aussi, mais on peut le laisser seul ?

— L'infirmière arrive, ne vous inquiétez pas.

Je la suis comme un automate, elle se dirige vers la sortie presque les yeux fermés. On sent qu'elle a déjà beaucoup arpenté les lieux. Dehors l'air vif nous fait frissonner.

— C'est bien que vous soyez là, dit-elle en tirant une longue bouffée, c'est bien pour Arsène, vous savez, d'habitude il refuse les visites. J'ai été surprise quand il m'a dit que vous veniez le voir... Avec vous, ça a l'air d'être différent.

Elle pleure sans même chercher à essuyer ses larmes. Je me retiens de la serrer dans mes bras.

— Il est fier, moi non plus je ne sais pas comment je réagirais à sa place. Et puis c'est un ado, à son âge les apparences comptent, il ne veut pas que ses amis le voient comme ça. Et avec mon boulot de vendeuse, je ne peux pas être aussi présente qu'il le faudrait. C'est pour ça que je suis passée voir l'assistante sociale, je ne sais pas combien de temps ils vont le garder encore, il faudrait que je puisse être plus disponible.

Et sans qu'elle ait besoin de me raconter, je comprends. Arsène qui n'assume pas sa transformation physique fait le vide autour de lui. Les copains d'école qui de leur côté n'osent pas insister. Les parents qui pensent que le malheur est contagieux, et ne savent pas comment réagir, qui croient protéger leurs enfants en leur épargnant un triste spectacle. La mort qui rôde, la famille absente… et une jeune maman, épuisée et dépassée par ce drame.

— J'ai rien vu venir, c'est incompréhensible, c'est un gamin plein de vie, tellement drôle ! Je l'ai eu jeune, c'est vrai, mais je m'en occupe, faut pas croire… Il est comme moi, c'est un battant Arsène… il va s'en sortir, là il est pas bien, mais il va s'en sortir !

C'est elle qui est venue se réfugier dans mes bras, je les ai ouverts et elle s'y est engouffrée, comme on se met à l'abri le temps d'un orage. J'ai lutté de toute mes forces pour ne pas céder aux larmes, moi aussi. J'ai attendu que l'émotion passe, que ma voix soit assurée pour prendre la parole.

— C'est vrai que c'est un super gamin Arsène ! Il va s'en sortir, ne vous inquiétez pas, ma femme est infirmière dans cet hôpital et des enfants qui guérissent elle en voit toute la journée… Ils ont fait tellement de progrès. Il est entre de bonnes mains, là c'est les effets de la chimio, c'est normal… mais il va guérir votre fils, j'ai tout de suite vu qu'il était spécial.

Loin de la consoler mes mots lui font perdre un peu plus l'équilibre et l'entraînent plus bas sur la pente du chagrin. Je ne dis plus rien, de peur de la bouleverser davantage. Je prends l'ampleur de ma connerie en pleine gueule. Et ce n'est pas faute d'avoir été prévenu. Je ferais mieux de m'en tenir à mes crayons et à mes petits dessins.

— Vous reviendrez ?

— Oui, oui, bien sûr, autant qu'il le faudra.

— Merci, ça lui fera tellement plaisir… vous pensiez ce que vous disiez tout à l'heure ? Vous allez vraiment faire une BD avec lui ? dit-elle en reniflant.

— Bien sûr, s'il est d'accord en tout cas.

— Ce serait super ! Il a besoin de compagnie et de distractions. Moi je suis toute seule, ma responsable est compréhensive, mais je ne peux pas abuser, déjà que je n'ai pas de mutuelle, y a quand même des frais. Je ne peux pas perdre mon boulot.

— Je comprends, c'est normal. Vous pouvez compter sur moi.

— Merci, Jean, merci.

Dans ma poitrine c'est Hiroshima. Une explosion de bonheur, de tendresse, de peur, de tristesse, de vanité, mais aussi et surtout de panique. Comme si soudain j'incarnais à moi seul l'espoir et la rémission d'Arsène. Impossible de me défausser bien sûr, surtout que l'idée vient de moi. Mais suis-je vraiment l'homme de la situation ?

# 27

Tandis qu'Arsène somnole à moitié, je lui explique comment fonctionne un duo scénariste/dessinateur. Dès que je ralentis ou que je m'interromps, il ouvre un œil et d'un geste m'encourage à continuer. Je m'exécute de bonne grâce, tout en me disant que ce projet a autant de chance de se réaliser qu'un conte de fées.

— En général, j'écris et je dessine mes albums seul, mais quand je collabore avec un scénariste, soit parce que c'est son projet, soit parce que c'est celui de l'éditeur, on fonctionne en binôme. Il y a plusieurs façons de procéder. En gros le scénariste envoie par écrit un topo qui comprend : le descriptif des personnages et de la situation, ainsi que le découpage, c'est-à-dire le nombre de dessins par page nécessaires au bon déroulé de l'histoire, qu'elle soit courte ou longue, ainsi que les dialogues. Il peut agrémenter d'images ou de photos pour donner une idée de l'atmosphère et des décors. Je rebondis là-dessus en esquissant des crayonnés que j'envoie au scénariste et ensemble on voit si ça fonctionne, ou non. Si c'est le cas, si le rythme est bon, si le trait correspond à l'esprit de l'album, on valide et je passe à l'encrage et à la couleur. Dans le cas contraire, je fais des modifications jusqu'à ce que le rendu soit jugé satisfaisant. Mais, comme tu n'es pas scénariste professionnel, je te propose de me « balancer » les idées qui te viennent ou qui te font marrer ici à l'hôpital [je ne peux m'empêcher de baisser la tête tant je suis affligé par ce que je suis en train de dire], et moi je te fais une proposition en dessin. Qu'est-ce que tu en dis Arsène ?

Arsène n'en dit rien, Arsène s'est endormi. Mon histoire a dû lui plaire.

Une infirmière rentre dans sa chambre.

— Il va falloir y aller, monsieur.

— J'y vais... excusez-moi, je ne suis pas de la famille, je suis juste le mari de Françoise Gouyette, mais c'est normal qu'il soit aussi... faible ? Ça veut dire que son état s'aggrave ? je demande, la gorge nouée.

— Non, c'est encore le contrecoup de la chimiothérapie, c'est normal, le traitement est costaud, dans quelques jours il ira mieux.

— Il va s'en sortir ?

— Je ne peux rien vous dire, mais Françoise a dû vous l'expliquer, les chiffres sont très encourageants, 80 % des enfants cancéreux sont en rémission.

— Merci, je repasserai le voir dans quelques jours, je dis en me levant.

Si j'en crois les statistiques, Arsène a quatre chances sur cinq de guérir. Donc une sur cinq d'y rester. C'est une de trop. Je lui jette un dernier regard. Arsène dort paisiblement, presque indifférent à la bataille acharnée qui se déroule dans son sang et ses veines. Sa silhouette m'évoque le repos du guerrier. Une expression qui prend tout son sens avec lui. Je laisse derrière moi une série de portraits de lui avec des coiffures plus farfelues les unes que les autres, une coupe afro à la Jackson Five, une crête de punk, des nattes de viking, une perruque Louis XVI et même des dreadlocks à la Jack Sparrow. J'espère qu'à son réveil, chacune de ces images déclenchera un sourire et que d'un coup son cœur sera comme inondé d'un rayon de soleil. Je pense à Marie-Christine et à son topo sur la sérotonine, la dopamine et tout le tintouin. Et j'ai envie d'y croire. Qu'elle ne soit pas une gourou du dimanche, mais une princesse du LOL ou Amma, cette indienne qui envoie ses adeptes au Nirvana par une simple accolade. Avec mes petits crayons, je n'aspire qu'à une chose, lui dessiner un avenir.

## 28

En rentrant, j'ai eu droit à une petite scène de la part de Françoise. Ma pause cigarette avec Solène sur le parking de l'hôpital n'est visiblement pas passée inaperçue.

— Je ne comprends pas, tu consoles la mère ou le fils ? m'a-t-elle taquiné.

Encore secoué par notre pause cigarette, je suis monté sur mes grands chevaux.

— Mais Solène pourrait être ma fille ! Elle est à peine plus âgée que Gwenaëlle !

— Ah parce que vous vous appelez déjà par vos petits noms ?

Françoise ne perd jamais une occasion, même mauvaise, de me mettre en boîte. C'est plus fort qu'elle. Elle n'a pas pu s'empêcher de me faire la remarque que j'avais, « comme par hasard », choisi de réconforter la plus « mignonne », et que pas une fois je n'avais fait preuve d'un quelconque intérêt pour les autres malades, notamment les plus âgés à qui personne ne rend visite. Comme si j'avais prémédité et casté ma rencontre avec Arsène ! Et je choisis encore avec qui j'ai envie de rire ! Mais que Françoise imagine une seule seconde que je puisse avoir des vues sur la mère d'Arsène est purement grotesque. D'ailleurs, je me suis fait un plaisir de lui ressortir sa tirade « Mais tu m'as regardé ? Bien regardé Françoise ? J'ai cinquante-six ans, un genou en rade, du bide, la peau tannée, les fesses plates, je perds mes cheveux et je suis à découvert ! Tu crois vraiment qu'une jolie trentenaire va succomber à mon charme ? Et quand bien même elle serait assez vulnérable pour ça, tu peux me dire comment je fais pour la faire grimper aux rideaux ? Tu es bien placée pour savoir que j'ai perdu le feu sacré ? » Ces derniers mots ont eu l'air de la convaincre, paix à mon ego. Comme si mon dernier sursaut de virilité était déjà oublié. Comme si aucun miracle n'avait eu lieu, pas plus tard qu'avant-hier, sur le canapé du salon. Merde.

Pour finir de la dérider, je lui ai montré la vidéo confession de Marie-Christine. Qu'elle se rende enfin compte de l'ampleur des dégâts. En la visionnant, Françoise a convenu que je n'avais peut-être pas complètement exagéré à son propos, tout en ne pouvant s'empêcher de souligner les effets délirants de la morphine.

Mais bien sûr, Marie-Christine trempe des tartines de morphine dans son Banania tous les matins avant d'animer ses stages. Mais j'étais sur le terrain de Françoise et je n'ai pas voulu la contrarier. D'ailleurs, je me suis bien gardé de lui dire que je retournais bientôt voir Arsène, et que j'avais même un projet de BD avec lui. Je le ferai quand j'aurai quelque chose de solide à lui montrer. Je me méfie de ses mises en garde. La prudence et la raison ne rentrent pas dans ces cases.

# 29

Quelques jours plus tard, je suis soulagé de trouver Arsène en meilleure forme. Il a repris du poil de la bête. Et semble heureux de me voir. Je crois même pouvoir dire qu'il guettait ma venue. Ce qui me fait chaud au cœur.

— Salut Arsène, comme va aujourd'hui ?

— Salut Jean, merci pour les portraits, ils m'ont bien fait marrer !

— C'était un peu le but.

— Ouais, c'est comme Snapchat !

— Snapchat ?

— Ben oui, tu sais, les filtres Snapchat ! Tu changes de look, de voix, tu connais pas ? Regarde !

Arsène dégaine son téléphone et, à la vitesse de l'éclair, me colle ma trombine sous le nez avec une farandole d'effets visuels : voilette sur la tête, maquillage outrancier, tête de guépard dans un décor de jungle, masque diabolique et même une tête de bébé fourrée d'une tétine géante. Un vrai feu d'artifice de créativité et de couleurs. Arsène est hilare tandis que je me sens dépassé, ringard avec mes portraits noir et blanc au crayon.

— Ah oui c'est impressionnant.

— Et y en a des nouveaux en permanence !

Arsène vient de m'enterrer.

— Ah oui. C'est plus rigolo que mes dessins c'est sûr…

— C'est marrant, mais tes portraits, c'est mieux. Je sais pas comment dire… ça fait pas synthétique, y a une âme.

Une âme je ne sais pas, mais de l'amour oui, c'est certain.

— C'est gentil. Mais tu sais, je peux comprendre si tu trouves la BD un peu dépassée ?

— Ah non, j'adore ! J'ai même réfléchi et j'ai eu trois idées, dit-il en délaissant son téléphone.

— Waouh déjà ? Je t'écoute.

— Bon tu vois, enfin oui, *tu vois,* mais quand t'as une chimio, tu perds tes cheveux et ça c'est vraiment le seum.

— Rappelle-moi, « le seum » déjà ?

— La honte, quoi. Tout le monde te dévisage, voit la forme de ton crâne, ça fait ressortir tes boutons, tes cernes, t'es pas bien et du coup… Il rougit et reprend : nan chais pas si je peux raconter en fait, dans ma tête c'était drôle, mais là, devant toi ça me gêne.

— Écris-le-moi.

— Ok, mais tu fais pas attention aux fautes, ok ?

— Je ne les verrai même pas, tu sais je ne sais que dessiner moi.

Arsène attrape un carnet et se met à griffonner en tirant la langue. Je suis tellement heureux de le voir comme ça, éveillé et surtout au taquet avec cette histoire de BD. Pour moi, c'est le moment ou jamais de découvrir si quelque chose de créatif peut ressortir de ce drame.

— Tiens, dit-il en me tendant son carnet, si t'arrives à me relire…

Mi-curieux, mi-inquiet je regarde ses notes. Arsène m'observe en se rongeant les ongles. Tout en décryptant ses pattes de mouche, je souris, soulagé. Ce gosse est une pépite. De l'humour gonflé et potache comme j'aime. Pile dans mes cordes.

— Alors ? demande-t-il en se bouffant les doigts.

— Alors, c'est drôle ! En tout cas, moi ça me fait marrer et entre nous, je n'y aurais jamais pensé ! Y a que toi pour imaginer un truc pareil !

— C'est vrai ?

— C'est vrai.

Arsène rosit de plaisir. Lui si pâlichon semble reprendre vie. En apparence du moins. Nous échangeons un regard malicieux et soudain, c'est comme si cette « histoire de leucémie » n'était rien d'autre qu'un bon prétexte à écrire des blagues, sans aucun enjeu vital pour lui.

— Donc si je comprends bien, Arsène, treize ans, a subi l'assaut d'une armée de molécules venues à son secours dans sa lutte contre le cancer, mais dans la bagarre il a perdu tous ses cheveux. Heureusement une poignée a pu trouver refuge dans une cache secrète. Certains cheveux se sont planqués là où ils espèrent ne jamais être retrouvés… dans son caleçon ?

Arsène éclate de rire dans un mélange de joie enfantine et de gêne pudique.

— Ben ouais, j'ai les poils de cul qui poussent mon pote ! J'ai une petite touffe ! C'est comme le village gaulois dans Astérix et Obélix ! Je résiste !

Nous gloussons comme deux idiots. Une infirmière passe une tête surprise.

— Tout va bien à ce que je vois ? sourit-elle.

Ce qui a pour effet de faire redoubler nos rires. Je ne sais pas encore comment je vais traduire sa « petite touffe gauloise » en dessins, mais ça me démange déjà de le faire. D'office je comprends que cet album ne ressemblera à aucun autre. Il sera à la fois atypique, décalé, joyeux, sincère et très personnel. On partirait plutôt pour un quarante-six pages, une ou deux pages par gag. Et ça me plaît. C'est un format que je maîtrise.

— Et c'est quoi ta deuxième idée ? je demande, curieux.

— Ben tu vois, au lieu de s'échanger des billes ou des cartes Pokémon à la récré, des enfants malades s'échangent les effets secondaires de la chimio. Genre tes aphtes contre mes brûlures, tes cloques aux mains ou ta perruque…

— Ah oui, c'est bien ça aussi ! (Mon Dieu.) On pourrait le faire en deux parties : avant/après la maladie.

Je regarde Arsène. On fait un bon duo tous les deux. Peu importe si cet album ne trouve pas d'éditeur, j'ai envie de le faire, de passer du temps avec lui, de le distraire, de faire de ce putain de cancer une simple source d'inspiration comme mes Papy Bikers ou mes clichés sur la Bretagne. Que ça devienne une bonne grosse blague, un peu lourdingue. Et plus tard, quand il aura guéri, que ses cheveux auront repoussé, il le regardera avec une affection lointaine, presque avec détachement, jusqu'au jour où il l'oubliera au fond d'un tiroir ou sur une étagère parce qu'il sera passé à autre chose. Parce qu'il aura grandi et qu'il aura d'autres préoccupations, comme les sorties, les filles ou les garçons, on s'en fout, le sport, la musique, les copains, la vie.

— Et cette troisième idée ?

— Tu connais le jeu 1, 2, 3, soleil ?

— Bien sûr ! Qu'est-ce que tu crois, j'ai pas toujours été vieux, j'y ai joué gamin !

— Ben, l'enfant, enfin « Arsène », y joue et à chaque fois qu'il se retourne, la mort se rapproche de lui.

Je déglutis lentement. Je vois immédiatement le rendu en dessin. L'enfant, joyeux et innocent qui se retourne malicieusement en entonnant 1, 2, 3, soleil ! Petit à petit on découvre en amorce un bout de silhouette de son partenaire de jeu qui se rapproche et se dévoile un peu plus, case après case. À la fin on voit la mort avec sa grande faux, prête à toucher le mur et qui le recouvre entièrement de son ombre. Un dessin fort et poignant.

— Ah oui… c'est bien. C'est noir, mais c'est bien.

Arsène me sonde.

— Si c'est pas drôle ou si ça ne te plaît pas, tu peux le dire…

— Non, ça me plaît beaucoup, je parle du dessin bien sûr… ça te tente vraiment alors ?

— Carrément ! Et je serai payé combien ?

Je ris, heureux de sa réponse et décontenancé par sa franchise.

— Alors pour le moment rien ! Mais comme moi, je te rassure. L'idée c'est d'avancer un peu et quand on a quelques planches, je démarche auprès des éditeurs. Avec mon expérience et mes contacts, ça peut aller vite. Mais tant qu'on n'a pas de contrat, on ne touche pas un centime. Si un éditeur y croit, on signe un contrat et on a ce qu'on appelle un à-valoir. C'est un forfait, une avance sur les droits d'auteur qu'on touche sur chaque exemplaire vendu. En général, ce qui se fait c'est un tiers pour le scénariste et deux tiers pour le dessinateur, parce que c'est plus de travail. Mais tu peux bien sûr négocier. Moi, je te propose qu'on fasse cinquante/cinquante.

Arsène a l'air satisfait.

— C'est combien un à-valoir ?

— Tout dépend de l'éditeur, du projet et de la notoriété du dessinateur, mais ça peut varier entre douze mille et vingt mille euros.

— Vingt mille euros ?? s'enthousiasme Arsène. Waouh, mais c'est énorme !

— C'est un an de boulot. Et les bonnes idées, ça se paie.

Arsène glousse de plaisir. On en oublierait presque cette chambre d'hôpital.

— Vingt mille euros ! T'imagines tout ce que je peux m'acheter sur Fortnite !!

— Attends, pour le moment on n'a rien, et si on a un éditeur, c'est moitié-moitié. Soit entre six et dix mille chacun.

Arsène est surexcité.

— Mais là, on n'a rien Arsène, on n'a même pas de planches à montrer.

Mais il ne m'écoute plus. Il est ailleurs, au Nirvana, et imagine déjà tout ce qu'il pourrait offrir à sa mère et s'acheter en jeux vidéo. Sa réaction m'enchante autant qu'elle m'effraie. Je me réjouis de le voir si heureux, mais j'appréhende déjà sa déception. Comment réagira-t-il si ce projet ne nous mène nulle part ? Si aucun éditeur n'en veut ? J'ai mis le doigt dans un engrenage. Par prudence je décide d'amorcer un atterrissage en douceur.

— Écoute Arsène, ne t'emballe pas trop quand même, dans ce métier, crois-en mon expérience, il y a plus de refus que de réponses positives, c'est un secteur très concurrentiel… Et pour tout te dire, mes derniers albums ne se sont pas très bien vendus, mais je vais tout faire pour que ça marche cette fois.

Il faut entre huit et douze mois pour finaliser un album, tout dépend de l'inspiration et de la cadence. C'est beaucoup et peu à la fois.

Je réalise qu'Arsène peut mourir avant sa sortie en librairie. La pudeur et l'émotion m'empêchent de lui dire ce que je ressens au plus profond de mes tripes. J'ai honte de ne pas être « bankable ». Je regrette d'avoir si peu de garanties de succès à lui offrir. J'ai l'impression de lui offrir une planche de sortie pourrie. J'ai bien vu qu'il n'était pas complètement emballé par les albums que je lui ai apportés, avec sa franchise habituelle il m'a dit que c'était « bof ». Lui ce qu'il aime c'est les mangas. Tu as raison Arsène, sur le marché de la BD je vaux des clopinettes, je suis un tocard, mais je te promets de tout faire et de tout donner pour toi, comme un canasson qui jette ses dernières forces dans la course de sa vie, pour ne pas finir à l'abattoir.

# 30

À peine rentré je me précipite dans mon atelier. Je me jette sur mes crayons et commence, sans même prendre le temps de réfléchir, à esquisser les premiers dessins, d'après les propositions d'Arsène. On verra plus tard pour l'ordre et la cohérence des idées et des pages. Bruce Springsteen à fond, je n'entends même pas Françoise rentrer.

— Ben tu es là depuis longtemps ? Ça fait une heure que j'essaie de te joindre !

Penché sur ma table à dessin, j'ai perdu toute notion du temps.

— Tu manges pas ? poursuit-elle.

— Il est quelle heure ? je m'étonne.

— Presque vingt et une heures, j'allais réchauffer le gratin de chou-fleur… et y a *Capitaine Marleau* qui va commencer…

— Ah ? Non j'ai pas faim, je mangerai plus tard, t'occupe pas de moi… ça t'embête pas ? Je suis sur un truc là.

— Tu travailles sur quoi ? demande-t-elle en s'avançant, curieuse.

Dans un réflexe enfantin, je cache mon travail en cours.

— Oh là, là, tu en fais des mystères, se vexe-t-elle.

— Excuse-moi, mais je suis occupé, je dois finir… c'est pour le festival de Ploërmel.

J'ai l'impression d'être un ado pris en flagrant délit de posture compromettante. Il faut dire que Françoise est parfaite dans le rôle de la mère suspicieuse.

— Alors je te laisse, si tu veux me rejoindre, je regarde un épisode et je me couche, je suis vannée.

— Ok, ne m'attends pas ! Bisous.

J'ai le ventre qui gargouille mais je préfère poursuivre, mû par un sentiment d'urgence rarement encore éprouvé qui n'a rien à voir avec les soirées « charrette » où il fallait coûte que coûte boucler un album dans les temps pour les commerciaux. Ici c'est une question de vie ou de mort. Je me sens responsable du destin d'Arsène et s'il doit s'achever bientôt (une chance sur cinq, merde), je voudrais que cela soit sur quelque chose de sympa. Sur un succès, son premier (et dernier) album de BD. Même si bien sûr c'est dérisoire face à la mort d'un enfant. Mais c'est plus fort que moi, j'associe l'aboutissement de cet album à sa propre guérison. D'ailleurs mon dessin s'en ressent, il a gagné en fluidité et en efficacité, comme si lui aussi avait senti qu'il n'y avait pas une minute à perdre. Le rendu est bon. En particulier la planche 1, 2, 3, soleil. Elle me donne des frissons. Le mélange de peur, d'angoisse et d'innocence qui s'en dégage ne laisse pas indifférent. Je ne pense pas que tout l'album sera du même acabit, mais les premières cases sont encourageantes. Je me sens comme un chercheur d'or qui découvre, émerveillé, des pierres précieuses dans son tamis. Jamais je n'aurais pu penser à tel scénario. Je n'ose imaginer comment Arsène appréhende sa propre mort. Il l'a évoquée à plusieurs reprises devant moi, mais je me suis montré incapable de répondre. Déjà que je ne suis pas sûr d'avoir fait le deuil de Laurent et que je flippe en voyant les stigmates de la mienne, qui s'approche un peu trop vite à mon goût. Je n'ose pas aborder le sujet avec lui. Je sais que ses nuits aussi sont agitées, mais à part se lancer dans un concours du pire cauchemar, je ne vois pas comment l'aider plus. Même bien entouré, on se sent forcément seul et démuni face à la maladie. Encore plus quand on est un enfant.

Pour la deuxième planche, celle qui évoque les effets pervers de la chimio, j'ai fait plusieurs essais. Il faut que cela soit drôle et inattendu, sans être graveleux. J'ai repris l'effet « loupe » d'Uderzo sur le village gaulois et je trouve que ça marche bien avec cette petite touffe qui résiste, cachée dans le caleçon. Le clin d'œil à Astérix renforce l'effet comique. Ça me démange de montrer ces planches aux copains. Moi qui allais à ce festival en traînant un peu la patte, je reprends confiance. J'appréhende leurs réactions tout en étant heureux de ce projet qui détonne et ne va pas manquer de les surprendre. Et si Didier est là, peut-être que je le mettrai dans la boucle. Sa réaction risque d'être intéressante, et il saura tout de suite jauger l'aspect commercial d'un tel projet, malheureusement le critère numéro un pour un éditeur. Il faudrait aussi trouver un titre qui claque. J'avais pensé à *Arsène ou la fureur de vivre*, mais c'est pas terrible. Cela ne correspond ni à la personnalité d'Arsène (qui trouverait ce titre ringard), ni à son humour bravache. Il faudrait quelque chose de plus malicieux ou de plus accrocheur, comme *Arsenic et vieilles dentelles* le film de Capra. Les deux n'ont rien à voir, mais Arsène sonne comme arsenic. C'est peut-être une piste. À suivre, ou pas. On a encore le temps de trouver. Mon téléphone affiche un SMS de Françoise (sa façon de me signifier qu'elle respecte mon travail, tout en s'agaçant de mon goût du secret).

> « Pardon de te déranger, mais j'ai pensé que tu serais content d'apprendre que Marie-Christine va bientôt pouvoir quitter l'hôpital 😴. »

Je lui envoie un pouce levé. Mes connaissances en matière d'émoticônes sont assez restreintes, un comble pour un dessinateur, mais je n'aime pas qu'on me mâche le travail avec des propositions toutes faites. Amusé, j'imagine Françoise pester contre moi devant sa série télé. Elle qui déteste être la dernière au courant. Sur ce, je décide d'aller manger un bout, je ferai la troisième planche plus tard. Là tout de suite je suis à la limite de la fringale et j'ai la tête qui tourne. Il y a longtemps qu'un projet ne m'avait pas autant emballé. Je suis vidé. En me levant je réalise que pour la première fois depuis très longtemps, je n'avais pas enfilé mes vieux chaussons. C'est pourtant la première chose que je fais avant de m'asseoir à ma table à dessin. Ce soir, c'était tout sauf pépère, merci Arsène pour ce vent de fraîcheur. On dirait que ton appétit de vivre est contagieux. Et en l'occurrence, là tout de suite, je n'aspire qu'à une chose, me remplir l'estomac en espérant que Françoise m'ait laissé du gratin.

# 31

Cette nuit Laurent m'est apparu en rêve. Il se bidonnait assis par terre, sur le sol de la cuisine de notre maison d'enfance en lisant une de mes BD. Et tout en s'esclaffant il me lançait des regards complices comme lorsque nous regardions notre dessin animé préféré, *Les fous du volant*. Je l'entendais clairement rire aux éclats. C'était si réel que je me suis réveillé, le sourire aux lèvres. C'est comme s'il était là. Juste à côté. J'en ai été si troublé que j'ai failli réveiller Françoise pour lui dire « J'ai vu Laurent, il va bien, il rit même ! ». Mais allongé dans le noir, au milieu de la nuit, ça n'avait plus aucun sens. Et ce n'est pas comme si elle l'avait déjà vu, ou rencontré. Pour elle c'est presque comme s'il n'avait jamais existé. Éveillé je sentais encore la présence de mon frère, mais c'était trop intime, trop bouleversant pour être partagé. Une sensation indicible. Le voir heureux m'a apaisé, même si c'était l'espace d'un rêve. Mon émotion, elle, était réelle. J'y vois comme un message d'encouragement. À moins que ce ne soit tout simplement la perspective de retrouver les potes qui me met en joie. Pourtant, au fond de moi, je ne peux m'empêcher de penser que ma rencontre avec Arsène ne doit rien au hasard. Laurent cherche, d'une façon ou d'une autre, à me consoler, comme il l'a toujours fait à travers le dessin.

## 32

Je suis rentré vanné mais requinqué de ces deux jours de festival à Ploërmel. Malgré la fatigue, j'ai la sensation d'avoir rajeuni de dix ans. Quel pied de retrouver les copains, Marc, Philou, Christophe, Karim et tous les autres. Toute cette effervescence m'a fait un bien fou. Le public est venu nombreux, en famille, en tout j'ai dû dédicacer une quinzaine d'albums, c'est peu comparé aux longues files d'attente de certains, mais je m'en foutais. J'étais bien là, en espadrilles, au milieu des miens à bavarder et plaisanter. Pour la première fois depuis longtemps je n'avais ni frustration ni rancœur. J'ai partagé, échangé, bu et tellement ri avec les potes. La moindre anecdote, la plus mauvaise blague déclenchait chez moi une hilarité incontrôlable, comme si j'étais ivre. J'avais besoin de décompresser. Et puis c'est tellement facile avec eux, un regard, un bon mot et c'est parti. Pas besoin d'enclencher la première, ça vient tout seul. Mes potos. Je me suis fait un plaisir de leur raconter mon stage de rigologie avec Marie-Christine. Au début ils ne voulaient pas me croire. Et pourtant, je n'ai rien exagéré. Pas besoin. Mimiques à l'appui, je leur ai conté Jacques qui pète dès la première séance, la Macarena, le matou sur ton tapis, le tambour chamanique, sans tambour mais avec mon blouson sur la tête en guise de coiffe indienne, je passais de Cathy à Hélène en plein orgasme. Je ne sais pas si c'était les pintes de bière ou la simple joie d'être là avec eux, mes copains de galère et de crayons, mais j'étais déchaîné, à la recherche d'un exutoire. Comme après un traumatisme, j'avais besoin d'exorciser. Je me suis improvisé maître de stage de rigologie, dont personne jusqu'ici n'avait entendu parler. Encouragé par leurs ricanements, j'ai même poussé le vice à imiter Marie-Christine à quatre pattes quand elle pleurait sa mère, pliée en deux. Et le pire c'est que je l'entendais presque rire et m'encourager à « lâcher prise ». Mais plus je faisais le mariole et plus je me disais « mais comment j'ai pu accepter un truc pareil, y a quelque chose qui tourne pas rond chez moi ». Ces fous rires. Des larmes de bonheur. Une fois la réserve de rigolade épuisée, on était tous bien, détendus, les conditions étaient parfaites pour leur montrer les premières planches de mon projet « Arsène » et je dois dire que leur réaction chaleureuse et positive m'a rassuré. D'abord ils m'ont complimenté sur mon trait, qu'ils ont trouvé plus épuré, plus « moderne » et m'ont félicité pour les couleurs tout en retenue, mais pas fades pour autant – Marie-Christine m'a guéri à jamais du bariolé. Bien sûr, c'est difficile de juger un projet sur deux planches, il faut voir sur la continuité, mais ils ont été amusés et touchés par le sujet qu'ils ont trouvé gonflé. Et plus encore quand je leur ai parlé du « vrai » Arsène, si inspirant, rigolard, courageux et attachant. Je n'ai pas parlé de Solène des fois que ça remonterait aux oreilles de Françoise. J'ai bien vu que ça les étonnait que je m'attaque à un tel sujet. Ils ont apprécié l'humour grave et farceur d'Arsène et ont trouvé que je l'avais bien mis en valeur. Ça m'a touché. Dans leurs regards je voyais de la surprise et même de l'admiration. Et je me suis dit que dans le métier, je n'étais peut-être pas mort, j'en avais encore sous le pied. Mais c'est la réaction de Didier qui m'a le plus conforté. L'occasion était trop belle, je me sentais bien, dans mon élément et je n'ai pas pu m'empêcher de lui montrer. Et je l'ai senti emballé le Didier, même s'il était déçu que le projet ne soit pas plus avancé. Il a parlé de l'engouement qu'un tel album ne manquerait pas de susciter. Il a dit que la maladie du point de vue d'un enfant en BD devrait aussi intéresser les journalistes. Je n'y avais même pas pensé. Mais il faudrait au minimum deux planches supplémentaires pour pouvoir démarcher les éditeurs. Ce soir je suis heureux même si j'ai le cœur serré. Le vrai héros du week-end n'était pas là. J'aurais tellement aimé qu'il puisse voir et entendre tous ces compliments. C'est à lui qu'ils reviennent. Mais avant de lui montrer j'avais besoin que les potes me rassurent. Je savais que leurs critiques seraient purement professionnelles et c'est toute la différence. Pas d'affect, que du concret. Si j'avais senti la moindre réticence, j'aurais revu ma copie. J'ai pris des nouvelles d'Arsène par SMS, il ne va pas trop mal aujourd'hui. Plus ce projet m'emballe, plus j'ai peur qu'on n'y arrive pas. Que son état ne le permette pas, ou que son inspiration soit comme un feu de paille. Il n'y a que lui pour le raconter. Sans ce gosse, l'album perd tout son sens. Mais c'est aussi un ado, il a d'autres chats à fouetter que de relancer la carrière d'un dinosaure de la BD.

## 33

— Tu y retournes encore ? Mais tu y passes ta vie ma parole, qu'est-ce que tu traficotes ?

Je vois bien que ça la titille, ça la démange de me voir tous ces derniers temps faire des allers-retours entre la maison et l'hôpital, mais je tiens ma langue. Françoise a trop tendance à me couper la chique. Elle n'a pas besoin de savoir tout, tout de suite.

— Écoute, les enfants ne sont pas près de revenir, j'ai du temps et j'apprécie la compagnie d'Arsène, ça te pose un problème ? Et puis je ne viens pas les mains vides, je lui ai acheté des mangas.

— Pas la peine de monter sur tes grands chevaux.

— Mais c'est toi qui montes sur tes grands chevaux.

— Bon, pendant que j'y pense, puisque les enfants ne sont pas là à Noël, je serai de garde le 24. Comme ça on pourra aller voir mes parents le 25.

— Ok, pas de problème pour moi.

Pour moi aussi c'est abstrait Noël, surtout sans Erwan et Gwenaëlle.

— Je t'emmène ou tu y vas plus tard ? demande-t-elle en se levant.

— J'irai plus tard, merci, à toute !

Françoise me lance un dernier regard digne d'un proviseur qui signifie à un élève agité qu'il l'a à l'œil.

Une fois seul, j'allume mon ordinateur et j'ai la surprise de découvrir un nouveau mail de Marie-Christine. Elle non plus n'a pas chômé ce week-end, comme promis elle a envoyé une nouvelle vidéo. Curieux, je clique.

« Bonjour mes amis, j'espère que vous allez bien ? Comme vous pouvez le voir, je suis toujours allongée, mais je souffre déjà moins. J'ai eu tout le loisir de penser à vous ce week-end et notamment à l'immense frustration que je ressens de vous avoir abandonnés en plein stage. C'est pourquoi je vous ai concocté cette petite vidéo qui s'intitule :

« "Comment rire tout seul chez soi et sans raison ?"

« Vous allez me dire, elle est gonflée celle-là, alors qu'on l'a vue il n'y a pas si longtemps pleurer de douleur et nous expliquer pourquoi il ne fallait pas se forcer à rire ! Et me voilà, pas toute nue, mais presque, en pyjama, mal coiffée, ha, ha, à vous donner une leçon particulière de rire ! Parce que oui, mes amis, on peut rire seul, sans aucune raison et sans se forcer ! Parce qu'on a mal dormi, comme c'est mon cas ce matin, parce qu'on est fatigué ou grognon et qu'il serait dommage de gâcher une si belle journée pour si peu. Et parce que c'est si facile de recharger les batteries ! On le fait bien pour nos téléphones, alors pourquoi pas pour nous ?

« Déjà, je souris d'être là, devant vous au saut du lit, enfin pas vraiment au saut du lit, puisque je suis encore incapable de me lever, mais rien que d'y penser, je glousse. Alors, on commence par s'étirer, en douceur dans mon cas, il ne s'agirait pas de me refaire mal, ha, ha, ha, HA ! HA ! HA ! HA ! »

Et la voilà qui part au quart de tour, comme une mobylette. Instantanément je glousse comme un con de la voir rire toute seule chez elle. Je dirais même que je me gondole SEUL, comme un benêt, à la voir rire seule face caméra. Cette nana est givrée, cinglée, mais sympathique. En fait je l'aime bien, surtout de loin.

« HaaaaaaAAAAAAAAAA, ça fait tellement de bien les amis. Je n'étais pas sûre d'y parvenir avec mon dos encore très sensible et puis je crois que c'est d'imaginer vos têtes de l'autre côté de l'écran qui m'a fait hurler de rire. Vous avez dû vous dire, mais elle est complètement zinzin Marie-Christine ! Ha ! Ha ! Ha ! Ha !! Voilà que ça recommence, comme quoi… on n'a jamais fini de rire !! Alors, merci. Merci Jacques, merci Nicolas, merci Cathy, merci Hélène et merci Jean. Merci pour ce beau fou rire et belle journée à tous ! Et si vous voulez égayer ma journée, n'hésitez pas à faire pareil et à m'envoyer vos vidéos ! Ça ne vous prend que trois petites minutes et ça vous stimule pour le reste de la journée ! Je vous attends ! À très bientôt les amis ! »

Rien que l'idée de me filmer chez moi à essayer de rire, seul face à mon écran, me coupe toute envie de le faire. Sans façon Marie-Christine, je n'ai pas ton grain de folie, mais merci pour la vidéo. J'avais déjà passé un excellent week-end, et grâce à toi ce matin, cette journée commence merveilleusement bien.

## 34

Quand j'arrive dans la chambre d'Arsène, Solène est assise à ses côtés. Je les salue, heureux de les trouver tous les deux pour leur montrer mes planches.

— Je suis content de te voir Solène, je ne viens pas les mains vides…

Je tends ses mangas à Arsène.

— Ah super, des mangas ! Merci Jean.

— Oui, mais j'ai apporté autre chose aussi, une surprise… Tiens, tu as vu ? Je te les ai fait dédicacer, tu connaissais *Tinta Run* ? C'est un jeune Français qui fait ça, très sympa.

— Cool ! Merci.

— C'est gentil, merci Jean… Ça tombe bien en plus, comme Arsène a mal aux mains il ne peut pas trop jouer aux jeux vidéo.

J'interroge Arsène du regard.

— C'est quoi cette histoire ?

— Rien… c'est la chimio… fait chier, soupire-t-il.

Je savais que la chimio pouvait avoir toutes sortes d'effets indésirables comme la perte des cheveux, une grande fatigue et des nausées, mais j'ignorais jusqu'alors qu'une sensation de brûlure aux extrémités pouvait aussi en faire partie. Cette guérison s'annonçait comme un labyrinthe sans fin.

— Pardon Jean, mais je vais profiter que tu sois là pour partir. Après ça fait trop d'agitation pour Arsène. J'ai des courses à faire, au revoir Jean, à plus tard mon Arsène !

— Au revoir Solène !

Je ne peux m'empêcher d'être déçu. Je voulais qu'elle aussi découvre les premiers dessins de notre BD. Voir ses yeux briller de fierté devant le travail de son fils. Notre collaboration. Tant pis.

— Bon, tu es prêt ?

Je sors délicatement les deux planches de l'étui en carton, à la façon d'un vendeur de chez Sotheby's. Arsène les regarde, presque étonné. Comme si le potentiel de ce projet lui sautait maintenant aux yeux.

— Waouh, c'est super… c'est marrant… c'est vraiment marrant, enfin je veux dire, ça rend super bien !

— Ça te plaît ?

— Carrément ! Même si ça fait bizarre, c'était dans ma tête et… c'est là sous mes yeux, en images et en couleurs.

— C'est pas comme ça que tu le voyais ?

— Non, si, enfin je voyais rien de spécial… En fait, je pensais pas que t'étais *vraiment* sérieux.

— Bien sûr que je suis sérieux Arsène, ce n'était pas des paroles en l'air. Le dessin n'est pas un passe-temps, mais mon métier, et j'envisage très sérieusement de faire un album avec toi, si tu es d'accord bien sûr. Tu me diras si tu veux le signer sous ton vrai nom ou prendre un pseudo, ça se fait beaucoup. Et j'ai profité d'être en dédicace à Ploërmel pour les montrer à droite et à gauche… et elles ont beaucoup plu. Les premiers retours sont très encourageants. Il en faudrait encore deux pour pouvoir les montrer à des éditeurs. Trouver un titre aussi. Alors, qu'est-ce t'en dis mon pote ?

— Ouais, chai pas.

— Ça te branche plus ?

— Non c'est pas ça… d'ailleurs j'ai eu d'autres idées, mais j'ai pas trop la tête à ça, je suis un peu fatigué, j'ai mal aux mains et j'attends les résultats de mes analyses.

La réalité m'est revenue en pleine tronche. Mais qu'est-ce que je croyais ? Qu'Arsène n'était pas *vraiment* malade ? Qu'il allait sauter de son lit et me faire un numéro de claquettes pour me remercier ? Que cet album était vital autant pour lui que pour moi ?

— Je comprends, excuse-moi, je suis con.

— En plus, là, je suis sur un coup avec une fille.

— Ah bon ? Ici à l'hôpital ?

— Non, elle est hospitalisée à Paris, mais je l'ai connue sur un site de rencontre pour cancéreux.

— Pardon ?

Je m'étouffe. Arsène se marre doucement.

— Non, mais c'est pas vraiment un site de rencontre, c'est une appli pour être en contact entre malades, pour garder le moral, tout ça, et j'essaie de pécho quoi… J'ai pas envie de mourir puceau.

Je souris, incrédule.

— C'est quoi cette appli ? Comme tu as pu le constater, les nouvelles technologies c'est pas mon fort.

— C'est JSC, *Jeunesse, Solidarité, Cancer*, tu mets ta photo et t'échanges un peu comme Snapchat, ou Facebook, sauf qu'on a tous le cancer, alors c'est plus cool. Enfin plus simple. Là, tu vois, la meuf, elle a une leucémie comme moi, je l'ai fait marrer en lui disant qu'elle avait de beaux yeux et que ça faisait ressortir son cathé, mais là, avec mes doigts qui me font mal… ça fait chier.

J'ai envie de le prendre dans mes bras.

— Jean, je peux te poser une question ?

— Vas-y, je réponds en ne sachant plus à quoi m'attendre.

— T'avais quel âge la première fois ?

— La première fois ?

— Ben tu sais…, rougit-il, que t'as fait l'amour.

Je comprends qu'il a vraiment peur de mourir puceau et ça me brise le cœur.

— Oh là là ! Ça remonte au Moyen Âge cette histoire ! Il y a longtemps que je n'y ai pas réfléchi, c'est pourtant un truc qui ne s'oublie pas. Je devais avoir quinze ou seize ans. Il ne t'a jamais raconté ton père ?

— J'ai pas de père, se braque-t-il.

C'est ce que j'avais cru remarquer. Arsène semble attendre la suite.

— Tu veux que je te raconte ma première fois, c'est ça ?

Il opine du chef en plongeant ses grands yeux graves dans les miens. Je jette un œil à la porte pour voir si personne n'arrive et je rapproche ma chaise de son lit.

— Ma première fois… c'était l'été, je crois bien qu'elle s'appelait Isabelle, c'était une cousine des voisins qui était venue pour les vacances. On n'était pas spécialement amoureux, juste curieux de découvrir nos corps, à l'époque il n'y avait pas Internet donc on passait directement aux travaux pratiques quand on en avait l'occasion. Et l'été en Bretagne dans les années 70, tu as beaucoup d'occasions ! Je n'ai pas le souvenir qu'elle était très jolie, mais moi-même je n'étais pas un canon de beauté, j'étais du genre maigrichon, ce n'est pas en maniant les crayons que tu te fais les biceps, et aussi un peu boutonneux. Mais je me souviens de sa poitrine, énorme et blanche qui me fascinait. Au début, on ne faisait pas grand-chose. Le seul fait d'être allongés nus dans la paille (sur une couverture sinon ça fait mal), ça nous donnait le frisson. Et puis un peu avant la fin de l'été on a décidé de *le* faire, on se sentait prêts.

Arsène m'écoute bouche bée, il me rappelle Erwan petit quand je lui racontais des histoires avec sa sœur. Ils raffolaient des contes bretons. Je n'ai aucun doute sur le fait que Solène est une bonne mère, mais il n'empêche qu'Arsène grandit sans père. Je suis bêtement heureux de pouvoir lui apporter cette présence masculine qui lui fait clairement défaut.

— J'étais mort de trouille tu penses. J'avais peur de lui faire mal, de ne pas y arriver ou pire de me tromper… Mais elle m'a aidé en me guidant. Et… comment dire ? C'est comme pénétrer un mystère, un retour aux origines, disparaître dans quelque chose de très doux et de chaud. C'est électrique, merveilleux et puissant. Mais cette première fois n'a pas duré très longtemps. C'était un peu comme les montagnes russes, tu vois ? Rapide, vertigineux et intense.

Arsène boit mes confidences. Je suis déconcerté par la facilité avec laquelle je lui raconte un des moments les plus intimes de ma vie. Même à Erwan je n'en ai pas dit autant. Non pas que je n'en avais pas envie, mais simplement parce que l'occasion ne s'est jamais présentée. Erwan n'en a jamais ressenti le besoin. Et tout en me replongeant dans mes souvenirs, je ne peux m'empêcher d'être frappé par l'ironie de la situation. Si le Jean d'aujourd'hui est toujours émoustillé par les grosses poitrines, il peine à bander. Je suis arrivé au déclin de ma vie sexuelle. D'une certaine manière j'ai l'impression de lui passer le relais. « Vas-y petit, fonce, sois prudent, mais amuse-toi ! Ça ne dure pas. »

— Voilà, je ne sais pas si ça répond à tes interrogations. C'était un bon souvenir, même s'il y en a eu des meilleurs par la suite, mais ceux-là, si tu permets, je les garde pour moi.

— Et comment t'as fait pour la capote ?

— Ah. Je t'avoue que j'en ai pas mis. C'était une tout autre époque, il n'y avait pas le sida, mais elle aurait pu tomber enceinte c'est vrai… Il faut mettre une capote bien sûr, mais à part t'entraîner à le faire, je ne sais pas quoi te dire.

— Ma mère non plus elle n'avait pas utilisé de capote… Elle m'a eu à dix-sept ans.

— Oui, ta maman est jeune c'est vrai, mais plus que sa jeunesse, c'est son amour pour toi qui saute aux yeux.

— Et pourtant t'as vu, je suis pas un cadeau !

— Je crois que si, au contraire. Bon, elle s'appelle comment celle que tu veux « pécho » ?

— Chloé.

— T'inquiète, si c'est pas avec Chloé, ce sera avec une autre ! Tu n'as que treize ans Arsène. Et puis regarde, tu emballes déjà chauve, alors imagine quand tes cheveux auront repoussé ! Un vrai tombeur !

Arsène sourit, un peu las.

— Demain je fais ma cinquième chimio... je vais me reposer un peu... merci pour les mangas et pour le reste.

— Je te laisse Arsène, repose-toi bien, aie confiance, et la prochaine fois, je t'apporterai des préservatifs !

Je remballe mes planches et quitte Arsène sur un sourire. J'adore ce gosse. Il y a quelques semaines, j'étais déprimé à l'idée de ne plus être capable de faire un album. Aujourd'hui je suis terrifié à l'idée qu'il puisse mourir demain. On ne connaît jamais son bonheur. Je m'apprête à sortir de la chambre quand une bouffée d'amour me rattrape. Je n'ai pas envie de l'abandonner, pas comme ça. L'effet de ce môme sur moi me dépasse.

— Dis-moi, je t'ai déjà parlé de Laurent ? Mon petit frère ?

De la tête Arsène m'indique que non. Je reviens doucement vers lui.

— Je dis ça parce que tu me fais un peu penser à lui… Non pas que tu lui ressembles, mais quand je suis avec toi, j'ai un peu l'impression de le retrouver.

L'émotion m'empêche de poursuivre.

— Tu ne le vois plus ? demande doucement Arsène.

— Non, je ne le vois plus. Il est mort il y a très longtemps, quand il avait huit ans et moi dix.

— Il était malade ?

— Non. Il s'est fait renverser pas une voiture. On rentrait de l'école en car, et en descendant Laurent a vu mon père de loin arriver vers nous. C'était pas prévu qu'il soit là. Mon père était camionneur et il était souvent sur les routes. Alors quand il revenait c'était toujours la fête… Laurent a couru vers lui, sans regarder la route et une voiture l'a fauché.

Je revois la scène en flou se jouer sous mes yeux, son corps projeté dans les airs puis rebondissant sur le bitume, comme un ballon dégonflé.

— Il a souffert ?

— Non. Il était déjà mort quand mon père l'a rejoint. Une mare de sang s'échappait de sa tête, je dis la voix tremblante. Il l'a porté en courant jusqu'à chez nous, et l'a allongé sur la table de la cuisine. Assommés, impuissants, on a attendu les pompiers. On entendait juste le bourdonnement des abeilles qui tournaient autour du goûter que ma mère nous avait préparé. Les tartines de beurre et de confiture de mûres qu'on aurait dû manger en se racontant des blagues. Au lieu de ça, Laurent était étendu, cireux et inerte sur la nappe à carreaux. Des mouches s'agglutinaient sur sa plaie à la tête, d'autres s'égaraient sur son visage, son nez, sa bouche, et je priais pour qu'il les balaie de la main ou d'un simple rictus. Mais il ne réagissait pas. Je ne comprenais pas que ça ne le chatouille pas. Laurent c'était mon frère, mais c'était surtout mon ami. On s'adorait. On était inséparables. Jamais l'un sans l'autre. On dormait ensemble, on mangeait ensemble, on jouait ensemble, on faisait même bassine commune pour la toilette du soir. Après sa mort, rien n'a plus jamais été pareil. Alors de le savoir tout seul dans sa tombe… ça me crève le cœur.

Soudain je réalise la portée de mes propos. J'ai honte d'avoir convoqué la mort, d'un enfant de surcroît, dans cette chambre d'hôpital.

— Pardon, excuse-moi, je suis désolé… Je n'aurais jamais dû te raconter ça !

— Tu sais Jean, ce n'est pas si grave de mourir, murmure Arsène, les yeux baissés, c'est surtout difficile pour ceux qui restent. Moi, parfois, je me dis ce n'est pas si mal… On ne souffre plus, on n'a plus peur, ni mal.

Il lève un regard grave sur moi qui finit de me bouleverser. Je suis en dessous de tout. Mais qu'est-ce qui m'a pris ? Faut vraiment être détraqué pour chialer dans les bras d'un gamin cancéreux.

— Ton frère, il est bien là où il est. Je le sais… parce que j'y vais parfois.

Ses mots me mettent KO. La coïncidence est trop troublante. Je repense à mon rêve de l'autre nuit, quand Laurent m'est apparu rigolard et heureux. Je fais un effort surhumain pour ne pas m'effondrer.

Sonné, je sors précipitamment de la chambre d'Arsène.

— Allez mon grand, c'est pas tout ça, faut que tu te reposes et moi j'ai tout un tas de trucs à faire.

Je n'ai pas la force d'affronter son petit sourire en partant. Je titube dans le couloir à la recherche des toilettes et je m'y enferme pour pleurer un bon coup tout en me maudissant. Comment ai-je pu me laisser aller à ce point et lui faire un coup pareil ? Au moment même où il redoute ses résultats d'analyses ! Je me donnerais des baffes. J'ai tout gâché. Je suis censé le réconforter, pas m'épancher sur ses frêles épaules. J'ai trahi la confiance de Solène. Quel con. Tout en m'aspergeant le visage d'eau fraîche, je pense à Laurent. À quoi ressemblerait-il aujourd'hui ? Pendant des années j'ai continué de lui parler le soir avant de m'endormir. Je lui racontais ma journée tout en imaginant ses réactions. Cette fameuse première fois avec Isabelle j'ai été tellement triste de ne pas pouvoir la partager « en vrai » avec lui. Ça m'a bouleversé. Grandir, c'était le trahir. Au fil du temps son absence s'est moins fait ressentir. J'ai rencontré Françoise, avec qui j'ai formé un autre duo. Mais tout à l'heure dans la chambre, en racontant mes premiers émois sexuels à Arsène, j'ai été troublé. C'est comme si j'avais pu déjouer le mauvais sort, réparer une injustice. Je sors en traînant un peu, hagard dans les couloirs, dans l'espoir de tomber sur Françoise. Elle saurait me consoler. C'est elle la plus solide de nous deux. « Mais c'est pas grave ! C'est normal, tu crois qu'on ne flanche pas nous ? Je t'avais prévenu, c'est pas un festival ici. Allez, demain le gamin il aura oublié, c'est malheureux à dire, mais il en a vu d'autres ! » Plongé dans mes pensées je m'arrête devant la chambre d'une vieille dame. Je suis frappé par la fragilité de sa silhouette et son regard perdu. Sans plus réfléchir je toque à sa porte.

— Bonjour madame, je suis Jean, le mari de Françoise une des infirmières, si vous avez un peu de temps, vous m'autorisez à faire votre portrait ?

Son regard s'allume.

— C'est-à-dire… je ne suis pas coiffée, murmure-t-elle.

— Ne vous inquiétez pas, je vais chercher un peigne.

Je trifouille dans la salle de bains qui dégage une forte odeur de détergent, j'attrape un vieux peigne édenté et le lui donne.

— Vous êtes gentil. dit-elle dans un geste de coquetterie.

Je m'assois face à elle.

— Vous n'êtes pas obligée de me regarder.

Mais la femme me dévore de son regard délavé par les années, comme si j'étais un ange descendu du ciel. Dans ses mains frêles, elle tient une paire de lunettes mal rafistolée. Un silence studieux s'installe entre nous. Elle semble perdue dans sa chemise d'hôpital trop grande et je devine qu'elle retient son souffle, impressionnée par « l'artiste » au travail. Je prends mes aises, pour prolonger son bonheur fragile. Tout en la dessinant je compatis avec Françoise. Elle a raison une fois de plus. Ce n'est pas facile de regarder la vieillesse et la décrépitude en face. Je prends le temps de l'observer. Son visage ridé, sa peau fine, abîmée par des croûtes sur le front, ses cheveux mal attachés dans un maigre chignon gris. Les mots d'Arsène prennent eux aussi tout leur sens. « Ce n'est pas si grave de mourir. » Surtout à son âge où la mort apparaît comme une délivrance. Une évidence. On veut quitter ce corps ratatiné qui ne vous porte plus, quitter un monde devenu hostile et retrouver tous ceux qui sont partis avant vous. Je me rapproche pour lui tendre mon dessin.

— Regardez madame, ça vous plaît ?

Son visage s'illumine dans un sourire abîmé.

— C'est moi ? glousse-t-elle, surprise, en découvrant son portrait que j'ai pris la peine d'adoucir.

— Vous avez quel âge ?

Elle me répond « quatre-vingt-neuf ans ? », comme si c'était une question piège.

— Bonjour mamie c'est l'heure du goûter ! nous interrompt une aide-soignante en poussant un plateau repas.

— C'est moi ! lance fièrement la vieille dame en brandissant son portrait.

— Oh que vous êtes belle mamie ! C'est joli ! Quelle bonne idée ! Bravo monsieur ! C'est votre fils ou votre petit-fils qui vous a fait toute belle ?

Elle hoche la tête.

Je m'éclipse en la laissant à ses biscottes sans sel. La croquer m'a pris quinze minutes et ça a transformé sa journée et la mienne. C'est fou ce qu'on peut faire avec une simple mine de crayon.

# 35

Une fois rentré, je fonce une fois encore m'enfermer dans mon atelier. Avant d'oublier, je mets en images le « plan drague » d'Arsène, avec sa fameuse réplique « Tu as de beaux yeux, ils font ressortir ton cathéter ». C'est culotté et drôle. Jamais je n'aurais imaginé qu'il existe ce genre d'application. Avec Arsène, c'est tout un monde qui s'ouvre à moi. Et sans aller, comme mes enfants, jusqu'en Chine. Mais maintenant je dois avancer de mon côté et le laisser respirer, surtout après ma sortie pathétique de tout à l'heure. Il appréhende la chimio et ses résultats d'analyses. La pression doit être insoutenable. C'est autre chose que d'attendre la réponse d'un éditeur. J'en ai des frissons. Malheureusement je ne peux rien faire pour l'aider et je suis encore sous le coup de mon inconduite de tout à l'heure. La seule chose qui m'apaise, c'est le dessin. Je m'accroche à cette illusion dérisoire que cet album et sa guérison sont liés. Si j'avance sur l'un, l'autre suivra.

Pour étoffer notre dossier, je m'attaque à la planche sur le « troc » entre les jeunes malades, excités comme des gosses dans une cour de récré : « Ok, tes aphtes contre mes cloques. » Et je décide d'ajouter un scénario qui m'est venu en cherchant des idées, en espérant qu'il plaise à Arsène. Deux jeunes malades font connaissance dans leur chambre d'hôpital.

« Zalut, moi z'est Zébastien. » L'autre lui sourit : « Ah c'est con, tu as perdu tous tes cheveux, sauf celui sur la langue ! »

Ça vaut ce que ça vaut. C'est une BD. L'idée n'est pas de plomber, mais d'amener un peu d'humour (beaucoup, quand c'est celui d'Arsène) sur un terrain peu souvent visité.

Si ça mord, si on a un contrat avec une vraie proposition à la clé, Arsène pourra alors envisager ce projet sous un angle sérieux. Après tout, il n'a pas besoin de réfléchir sur son temps de repos, une idée peut germer spontanément, dans le cadre de nos conversations comme avec cette histoire d'appli pour jeunes malades. Je suis interrompu par un SMS de Françoise : « Merci (avec un cœur) ». Elle a dû voir le portrait de la petite vieille. Je suis content de l'avoir fait, pas seulement pour Françoise ou pour elle, mais pour moi aussi. Comme l'a fait remarquer Arsène, le dessin fait main a une sensibilité, parfois même une âme. La prochaine fois, rien ne m'empêche de faire en plus une ou deux caricatures d'enfants ? C'est tellement plus gratifiant que de le faire à la sauvette, en plein courant d'air, au départ du petit train. Pourtant le malaise est là. Une pointe de culpabilité dans la poitrine. En quittant Arsène j'étais bouleversé, mais si je veux être honnête, ce n'est pas ma bonne mais plutôt ma mauvaise conscience qui m'a poussé à m'arrêter dans la chambre de cette dame. Si

Françoise est la seule à qui je n'ai pas encore parlé de ce projet d'album c'est parce qu'au fond, mes motivations ne sont pas claires. Avec elle je n'ai jamais pu tricher. Il faut que je sois honnête. Pour guérir, Arsène n'a pas besoin de moi, c'est moi qui ai besoin de lui. Je ne peux pas m'empêcher d'avoir la sale impression d'exploiter sa maladie et sa belle sensibilité pour redorer mon blason. Et c'est pas jojo.

## 36

Après plusieurs jours passés enfermé dans mon atelier à tester et peaufiner les nouvelles planches à la recherche du trait parfait, je ne suis pas mécontent de déjeuner avec Didier. En attendant nos galettes forestières, je lui montre les dernières planches.

— C'est vraiment du bon boulot, tu tiens un truc c'est sûr ! À mon avis, Glénat ou Delcourt seront à fond sur ce projet.

— Tu crois ? Je pensais plus à Bamboo, comme j'ai fait plusieurs albums chez eux.

— Oui, pourquoi pas.

— Mais toi par exemple, tu te vois vendre une BD sur un jeune cancéreux ?

— Bien sûr. Je ne le connais pas ton Arsène, mais d'après ce que je vois, il est courageux et fait preuve de beaucoup d'humour. C'est héroïque. Tu sais, votre collaboration pourrait même donner lieu à des rencontres dans des collèges, la BD est une bonne façon d'aborder un sujet sensible comme la maladie, surtout quand c'est fait avec intelligence et sans pathos.

Les paroles de Didier me réconfortent. À l'entendre, ce projet est presque d'utilité publique.

Je range les planches quand nos galettes fumantes arrivent.

— Ouais, ce serait super, le problème c'est qu'Arsène est toujours malade. Ce n'est pas juste un personnage, il existe vraiment et ses angoisses aussi. J'ai peur que dans de telles circonstances, ce projet soit un peu « déplacé », tu vois ce que je veux dire ?

— Non, pourquoi ? Tu m'as dit que vous étiez proches ? Et qu'il trouvait l'idée géniale ? C'est plutôt une belle façon de le projeter dans l'avenir et de lui changer les idées le temps de la guérison. Tu lui fais un cadeau.

— Peut-être.

Le cœur lourd, je chipote ma galette. J'ai le ventre noué. Depuis ma dernière visite à l'hôpital je ne me suis pas manifesté auprès d'Arsène. Encore honteux de mon grand déballage sur Laurent je n'ai pas osé lui demander les résultats de ses analyses. Je redoute sa réponse. Et si c'était son dernier Noël ?

— Ça ne va pas, tu manges rien ? s'inquiète Didier.

— Si, si excuse-moi, je me suis beaucoup attaché à ce gosse et par moments le stress prend le dessus.

— Écoute, envoie les planches et tu verras bien. Tu as bien vu à Ploërmel, on a tous eu la même réaction positive. Tu prends un dessert ?

— Non merci, je suis plein ! Je paye encore les excès du festival ! je réponds en tapotant ma brioche.

— On ne va pas traîner alors, je t'invite ! Et surtout, tiens-moi au courant !

Nous nous séparons devant la crêperie. Ragaillardi par notre conversation, je décide d'appeler Françoise, mais tombe sur son répondeur.

« C'est moi, je voulais te faire un petit coucou… Dis-moi est-ce que par hasard tu connais les résultats d'analyses d'Arsène ? Il était inquiet la dernière fois que je l'ai vu et je voulais m'assurer que les nouvelles étaient bonnes pour lui… bisous. »

N'ayant plus rien à faire à Dinard, je décide de rentrer. Les paroles de Didier résonnent encore en moi. Sans le savoir, il m'a donné le top départ, l'impulsion nécessaire pour me jeter dans le vide. Même si je suis loin d'être un débutant, cet album, nouveau pour moi à bien des égards, me fait l'effet d'un grand saut dans l'inconnu. Et je redoutais jusqu'ici, d'entraîner mon jeune comparse dans ma chute. Mais il a raison, ce serait idiot de ne rien faire de ces planches, surtout si elles peuvent faire du bien à d'autres qu'à Arsène et moi. Alors *go* ! Je les scanne et les envoie par mail à mes contacts chez Glénat et Delcourt, avec un petit topo de présentation :

« Bonjour, tu trouveras ci-joint cinq planches d'un projet BD humoristique sur le cancer chez un jeune ado. Le sujet, sensible, peut surprendre par son traitement humoristique, mais il est directement inspiré par la personnalité rayonnante de son héros Arsène, 13 ans, atteint d'une leucémie. Loin de tout pathos, les scénettes transpirent le culot et la joie de vivre qui le caractérisent dans la vraie vie. Fort de mon expérience d'une vingtaine d'albums en tant que dessinateur/scénariste, j'ai mis mes crayons au service d'Arsène, un personnage attachant et malicieux qui vaut le détour. J'espère que comme moi, tu succomberas à son charme, irrésistible. »

J'ai beaucoup transpiré pour pondre ces quelques lignes. L'enjeu de ce projet est trop grand pour que je le sabote dès le départ. Après avoir vérifié qu'il n'y a pas de fautes d'orthographe, je prépare un dossier WeTransfer. Mais au moment de cliquer sur la touche « envoyer », je suis pris d'un vertige, j'ai l'impression d'appuyer sur le bouton nucléaire. Comme si je courais droit à la catastrophe. Le mail part et il ne se passe rien. Ni moi ni mon ordinateur ne sommes foudroyés. Au bout de quelques minutes je retrouve même une respiration normale. Puis pour tromper l'attente, je fais un peu de ménage, le tri dans mes papiers et même une quiche pour le dîner. Quand Françoise arrive, elle n'a plus qu'à mettre ses pieds, fatigués, sous la table. Elle s'excuse de ne pas m'avoir rappelé, elle n'a pas vu Arsène aujourd'hui et même si elle avait eu accès à ses analyses, elle n'aurait pas le droit de me les communiquer, secret médical oblige. Mais les médecins avaient l'air satisfaits, me dit-elle, et ces derniers jours elle l'a trouvé plutôt bien, en forme même. Cette simple phrase me soulage d'un énorme poids et je réalise à quel point j'étais tendu. Je lui raconte mon déjeuner avec Didier, et j'évoque même mon nouveau projet sans rentrer dans les détails, par superstition. « Ton fameux truc top secret ? » ironise-t-elle. Puis nous évoquons les enfants et ce Noël qui s'annonce définitivement solitaire et sans sapin cette année. Et certainement aussi sans cadeaux vu l'état de nos finances (enfin surtout des miennes). Mais quelle importance ? Un bon gueuleton, des fruits de mer suffiront à notre bonheur. Cette fin d'année n'a plus rien de pesant pour moi. J'ai enfin la sensation de voir le bout, de sortir du tunnel et je n'ai qu'une hâte, commencer l'année avec un projet excitant, doublé d'une guérison pour Arsène.

# 37

Le lendemain matin je regarde avidement mes mails. J'en ai deux qui me confirment que mes dossiers WeTransfer ont été téléchargés. Ça y est, le projet est enclenché. Quelles que soient les réponses, je ne peux plus faire machine arrière. Je me suis trop mouillé. Et vis-à-vis d'Arsène je suis obligé d'aller jusqu'au bout. Il va donc falloir que je prenne mon courage à deux mains et que j'en parle, et dans les détails cette fois, à Françoise. Le mieux avec elle est de tout déballer d'un coup, qu'elle n'ait pas le temps de m'interrompre, sinon à coup sûr je vais m'embourber dans des explications de plus en plus vaseuses. Droit dans mes boots.

« Comme tu le sais, ces derniers temps je me suis beaucoup rapproché d'Arsène. Ce gamin m'a tapé dans l'œil, il est drôle, touchant et courageux. Je ne sais plus comment c'est venu, mais figure-toi que lui et moi on a pour projet de faire une BD ensemble. Lui au scénario et moi au dessin ! C'est dingue non ? Qu'est-ce que tu dis de ça ? Ah oui, je t'ai pas dit c'est sur son cancer, attends, je te montre les planches, tu vas te gondoler ! »

Un truc du genre.

« Je te jure Françoise je n'ai pas forcé le petit ! C'était pour lui remonter le moral ! C'est sa mère qui m'a encouragé ! » Bon, là, je vais peut-être un peu loin. Ça pue la mauvaise foi à plein nez. Oh et puis merde. Je ne vais pas m'excuser d'avoir eu une bonne idée. Et qui sait ? Peut-être que Françoise la trouvera excellente ! Après tout, il n'y a aucune raison qu'elle ne se range pas à l'avis de tous : c'est une idée de génie, point barre.

Voilà comment j'aimerais que les choses se passent. Dans un monde idéal, où je n'aurais pas peur de l'avis de ma femme. Mais le vrai problème c'est que le jugement de Françoise me rend nerveux. Elle devrait être la première avec qui je veux tout partager. Mais nos univers professionnels sont trop parallèles, j'évolue dans le divertissement, elle dans le tragique. Je comprends que ça l'atteigne. Certains jours elle est au bord de craquer, des malades l'agressent, ses conditions de travail se sont détériorées, son métier est épuisant physiquement et émotionnellement, et certaines familles ont tendance à prendre l'hôpital pour un hospice. Tous les jours elle est confrontée à la souffrance et à la maladie. Moi à côté, j'ai l'air de vivre dans le monde des Bisounours. Je travaille seul à partir de mon imaginaire. Je dessine des blagounettes en musique toute la journée. Pour un non-initié ça ressemble à du farniente ou du loisir. Je fais mes petits coloriages tranquillou. Tu parles. Je baigne dans un milieu où la concurrence fait rage. Je n'ai pas droit au chômage et si je tombe malade, je ne peux compter sur personne pour me remplacer. J'ai de moins en moins de reconnaissance, je suis isolé, je doute en permanence, j'ai l'angoisse de la page blanche, mes albums finissent au pilon ou sur un bout de trottoir exposé aux vents et mon ego prend des seaux d'eau sur la gueule. C'est violent. C'est plus facile de compatir avec des infirmiers en grève qu'avec un dessinateur d'humour. Et Françoise n'est pas toujours à l'écoute, elle s'est déjà montrée blessante. Alors oui, dans mon cas, y a rien de grave, je ne joue ni ma vie, ni ma santé, quoique, mais moi aussi j'apporte un peu de réconfort et du bonheur parfois.

Je sursaute presque en entendant le tintement du mail qui arrive.

Nom de Dieu. C'est Olivier Milan de chez Delcourt. J'ai le cœur qui bat.

> « Bonjour Jean,
>
> Merci pour ces premières planches qui ont retenu toute mon attention. Un projet sensible, drôle et original comme je les aime. Je le passe en comité éditorial et reviens au plus vite vers toi.
>
> Bien à toi,
>
> Olivier »

Ce mail que je n'espérais plus et que j'ai tant rêvé ces dernières années est là, sous mes yeux, dans ma boîte de réception, dans mon ordinateur. Et il m'est adressé personnellement. J'en tremble. Je n'ai encore jamais travaillé avec Delcourt, bien que ça me démange depuis longtemps. On dirait que c'est parti pour. Dans la foulée je forwarde le mail à Didier. Sans ses encouragements, je n'aurais jamais osé leur envoyer. Bon Dieu que c'est bon. Dans mon cœur c'est le stade de France, une explosion de sons et de lumières. Quel pied ! Je suis tellement heureux que je pourrais rire, là tout seul, et même me filmer pour envoyer la vidéo à Marie-Christine !

On dirait que Jeannot va faire son come-back, et par la grande porte.

Il faut que je voie Arsène ! Il faut que je lui dise. Vite, mon blouson, mes clés de voiture. Je veux voir son visage, son sourire, ses yeux pleins d'étoiles quand je vais lui dire : « On a réussi Arsène ! Tu as réussi ! » Je suis arrêté dans mon élan par la sonnerie de mon téléphone. Un numéro inconnu s'affiche, dans le doute je décroche.

— Allô Jean Gouyette ?

— Oui, c'est moi.

— Bonjour, c'est Éric Bréau de Glénat. Je ne te dérange pas ?

Je chancelle.

— Non, non, pas du tout

— Oui, tu nous as envoyé des planches hier soir et je me suis dit que ce serait plus sympa de te faire un retour par téléphone, on n'a encore jamais travaillé ensemble toi et moi ?

Je souffle en guise de réponse sans oser lui dire que c'est même la première fois qu'il réagit, tout court, à une de mes propositions.

— Écoute, j'ai trouvé tes planches très sympas, en ce qui me concerne, le charme opère, c'est même un coup de cœur ! Tu n'as pas encore signé ?

— Pas encore, mais je viens tout juste de raccrocher avec Olivier Milan de chez Delcourt, je fanfaronne.

— Alors pour moi c'est un grand oui ! Je peux t'envoyer le contrat par coursier maintenant avec une jolie proposition ? Histoire de ne pas perdre de temps.

— Je ne suis pas à Paris, mais j'ai rendez-vous avec Arsène mon scénariste, envoie-moi tout ça par mail et puis on étudie ensemble ta proposition ?

— Ok, il est mineur c'est bien ça ? Parce que du coup ce sera à ses parents de signer.

— Oui, sa mère est au courant bien sûr, tout le monde est au courant.

Sauf ma femme, mais a priori je suis majeur.

— Je ne vais pas te déranger si tu es speed, juste une question, je pensais à une parution en octobre, ce serait bon pour toi en termes de délais ?

Six mois pour boucler l'album, c'est faisable surtout avec cette putain d'adrénaline qui m'envoie des coups de gégène dans tout le corps.

— Sans problème.

— Bon, je t'envoie les contrats et surtout n'hésite pas à appeler si tu as la moindre question et j'espère te voir vite !

Je raccroche, sonné. En vingt-cinq ans de carrière, jamais deux éditeurs ne se sont manifestés pour un même projet et encore moins dans un laps de temps aussi court. C'est comme si j'écoutais le Boss dans mon atelier et que d'un coup, je me retrouvais backstage avec lui qui m'inviterait à le rejoindre sur scène. Un miracle. Grâce à Arsène, je suis dans le game. Je prends la route tremblant d'émotion. En onomatopée ça donnerait un grand YIIIIIHEEEEAAAAAAHHH ! Je hurle de joie pendant tout le trajet. Dans l'euphorie, je crois même avoir trouvé *le* titre pour cet album : *Arsène et les molécules*. Dynamique, aventureux et intrigant. J'imagine déjà la couverture, dans ma tête ça fuse, j'ai l'impression d'être sous Ecsta, même si la dernière fois que j'en ai pris, c'était en boîte à La Chaumière, il y a au moins trente ans. Et qui sait ? Ça pourrait donner lieu à une série humoristique sur l'adolescence et ses déboires ? Je suis survolté.

Mais il faut que je redescende, pour ne pas effrayer mon petit scénariste. « Tiens au fait, tu vas pouvoir frimer auprès de tes copains, on signe l'album chez Glénat, ou Delcourt, au choix. On tirera à pile ou face, ou mieux, on prendra la meilleure proposition ! »

Je me gare comme un cochon sur le parking de l'hôpital et fonce jusqu'à l'étage d'Arsène. Je ne sens plus mon corps, mes forces sont décuplées, j'avale les marches avec une facilité déconcertante, sacrée dopamine. Je me force à ralentir quand j'arrive devant sa chambre, je reprends mon souffle et toque à la porte, fébrile, prêt à faire mon petit effet. À la place d'Arsène, je tombe sur un gosse la jambe dans le plâtre. Dans la précipitation j'ai dû me tromper de numéro. Je vérifie, mais non, c'est bien la chambre 312. Me serais-je trompé de bâtiment ? Ou alors Arsène a changé d'étage ? Je cherche quelqu'un du personnel.

— Excusez-moi, je demande le souffle court, je cherche la nouvelle chambre d'Arsène Dumas.

— Arsène ? Il n'est plus là.

— Comment ça il n'est plus là ?

— Il n'est plus là.

— Mais il est où ? Vous pouvez me le dire ?

— Allez voir les infirmières, je ne peux pas vous dire.

J'appelle Françoise, qui ne répond pas. Je suis glacé. Et surtout je m'en veux de ne pas avoir pris en personne de ses nouvelles. Je me précipite au bureau des infirmières et tombe par miracle sur Chantal. J'ai la bouche sèche, je peine à articuler.

— Salut Chantal, je cherche Arsène, Arsène Dumas tu sais où il est ?

— Salut Jean ! Mais il n'est plus là Arsène, il est rentré chez lui !

J'accuse le coup.

— Rentré chez lui ? Mais il va bien ?

— Oui, mieux en tout cas, sinon on ne l'aurait pas laissé sortir pour Noël !

J'ai les larmes aux yeux. Arsène va bien, Arsène va guérir, Arsène va passer Noël chez lui et je lui apporte un putain de cadeau !

— Waouh, c'est génial ! Françoise ne me l'avait pas dit ! Elle est dans les parages ?

Chantal me regarde encore plus étonnée.

— Mais enfin, elle est en repos Françoise, elle ne travaille pas aujourd'hui.

Mais si elle ne travaille pas, où est-elle partie ce matin ? Cette journée m'échappe, elle est beaucoup trop mouvementée pour moi, je ne vais pas tenir longtemps à ce rythme. J'ai un gros coup de fatigue, mon genou se dérobe, je flanche.

# Acte IV – FINI DE RIRE

# 38

Je me suis évanoui comme une mauviette. Chantal m'a donné du sucre, balancé deux, trois baffes et j'ai retrouvé mes esprits. Toutes ces émotions m'ont chamboulé. Chantal a insisté pour appeler un interne, mais j'ai refusé, je m'étais assez ridiculisé comme ça. Pour sauver la face j'ai fait comme si je me rappelais « soudainement » où était Françoise (alors elle, je peux crever, faire un infarctus, elle s'en balance ! Madame reste injoignable !) et je suis parti en prenant un air le plus dégagé possible. Une fois sur le parking, j'ai pris le temps de me poser dans la voiture. La grande nouvelle c'est que les analyses d'Arsène sont bonnes puisqu'il est sorti et va passer Noël chez lui. Le deuxième miracle c'est qu'on va faire cet album ensemble chez Glénat, et sans être devin, je sais déjà que la proposition est bonne, et pourtant avec moi on multipliait les handicaps. Maintenant le gros souci c'est que je ne sais pas où est Françoise. Elle ne répond ni à mes appels, ni à ceux de Chantal. Bon, chaque chose en son temps. D'abord, prévenir Arsène. J'aurais bien aimé qu'il en fasse autant pour sa sortie d'hôpital, mais j'imagine que dans l'euphorie, il aura oublié. On peut le comprendre.

« Arsène, je suis très heureux d'apprendre que tu es rentré chez toi. Je te souhaite de passer de joyeuses fêtes de fin d'année avec ta maman que j'embrasse au passage. J'étais passé te voir pour t'annoncer une bonne nouvelle : c'est Noël avant Noël, on a un éditeur pour notre album (peut-être deux !!), j'attends les contrats, on se voit très vite, hâte de te raconter, tu vas voir, on va faire du beau boulot toi et moi ! Je t'embrasse, Jean. »

Je découvre un message de Didier qui a essayé de me joindre :

« J'ai vu le mail de Delcourt, c'est génial ! Je suis sûr que ton projet va passer le comité de lecture haut la main. Bises. »

Je glousse de bonheur. Si tu savais mon pote !

J'exulte. Je ne sais pas quelle heure il est en Chine, mais j'essaie d'appeler Gwenaëlle.

— Allô Gwen ?

— Papa ? Ça va ?

— Oui ça va mon chat, ça va même très bien. Je voulais juste partager une bonne nouvelle avec vous, tu sais le projet BD dont je t'ai parlé la dernière fois ?

— Heu… oui.

— Eh ben c'est signé ! Enfin quasi ! J'attends les contrats, chez Glénat en plus ! je frétille.

— C'est super papa, je suis trop contente pour toi ! Je suis sûre qu'il va cartonner celui-là.

— Bon je ne reste pas trop longtemps au téléphone au prix de la minute, mais je voulais vous rassurer, je vais très bien, on se fera un Face Time à Noël ?

— Ouais !

— Tu sais pas où est ta mère par hasard ?

— Maman ? Comment veux-tu que je sache à huit mille kilomètres, papa ? Pourquoi ?

— Non rien, t'inquiète, bon embrasse ton frère, je vous aime !

— Gros bisous papa et encore bravo, on t'embrasse fort.

Je savoure ses mots. J'imagine la fierté de mes enfants quand ils connaîtront la genèse et la thématique de cet album, *Arsène et les molécules.* Ils seront les premiers à le relayer sur les réseaux sociaux. « L'album de notre papa, drôle et émouvant. Achetez-le c'est de la balle. » J'ai envie de crier la bonne nouvelle à la terre entière et surtout à Françoise. Si elle était là devant moi, j'allumerais ma sono et on improviserait un slow, *Hotel California* des Eagles sur le parking de l'hôpital. Tout le monde nous regarderait, amusés et souriants, elle me dirait « Tu es fou Jean » en riant dans mon cou, et je lui susurrerais « Oui, fou de toi. Tu sais, ce projet top secret dont je t'ai parlé ? — Oui ? » demanderait-elle le cœur battant, « J'attendais juste le bon moment pour te l'annoncer : c'est signé, chez Glénat. Un album drôle et tendre avec la complicité d'Arsène, mais ce n'est pas ça la bonne nouvelle. — Ah bon ? » murmurerait-elle les yeux brillants d'émotion, « Non, tu sais cette thalasso au Novotel de Dinard qui te fait tant rêver ? — Oui ? — J'ai tout organisé, ils t'attendent, tu n'as plus qu'à te laisser masser et envelopper dans un bain d'algues. — Oh Jean ! », j'aurais un début d'érection et on rentrerait dare-dare faire l'amour sur la plage de Longchamp, comme des adolescents. Rien que d'y penser j'en ai les larmes aux yeux.

Mais là, tout de suite, je suis seul comme un con à me les cailler dans ma vieille 4L. Où est Françoise bordel ?

En attendant de le découvrir, je décide de rentrer à la maison, peut-être que les contrats sont déjà arrivés ?

## 39

À chaque feu rouge je consulte mon portable. Je guette une réaction d'Arsène, qui ne vient pas. Je m'étonne de son silence. Mon message ne date que de quelques heures, mais jusqu'à présent il m'avait habitué à plus de réactivité. J'imagine que c'est à mettre sur le compte de l'ébullition du retour à la maison. J'ai hâte de savoir si c'est définitif ou provisoire. Quand je l'ai quitté il devait faire une cinquième chimiothérapie. La seule qui aurait pu m'éclairer sur ce point c'est Françoise, mais elle aussi est aux abonnés absents. Pile au moment où j'ai une grande nouvelle à lui annoncer ! C'est pas comme si ça tombait tout seul du cocotier. En attendant, impossible de résister, un vrai gosse, je suis pris d'une SMSite aiguë, je textote à tout va, Marc, Philou et tous ceux que j'ai croisés à Ploërmel.

> « Grande nouvelle : Jeannot débarque chez Glénat avec un album en octobre ! »

Quand j'arrive à la maison, je note que la Twingo de Françoise n'y est pas. Déçu, je file vers mon ordinateur. Comme promis Éric Bréau a envoyé le contrat. Et le moins que l'on puisse dire, c'est qu'il ne s'est pas foutu de ma gueule. Je n'ai jamais eu de meilleure offre et je la dois à un petit rigolo de treize ans. Merci Arsène.

Je décide de l'appeler cette fois. « Salut Arsène, c'est Jean, bon, ben je suis bien content que tu sois rentré chez toi mon gars, ça veut dire que tes résultats sont bons et c'est la plus belle façon de finir l'année ! Je sais pas si tu as vu mon SMS, mais voilà, depuis mon dernier message j'ai reçu le contrat et figure-toi que Glénat nous offre vingt mille euros. Oui, tu as bien entendu ! Un sacré pactole ! Et comme promis, on fait moit' moit', ça en fait des jeux vidéo ! Ah ! Ah ! Bon ben… rappelle-moi vite qu'on le signe et qu'on fête ça au Champomy ? Joyeux Noël Arsène ! »

Le silence de Françoise commence aussi à m'inquiéter, elle cherche à m'embrouiller ou quoi ? Plutôt que de tourner en rond dans la maison, je décide de m'offrir une bière à *La Potinière*. Mais juste avant, je prends le temps de répondre à Éric Bréau, histoire d'entretenir cette belle synergie.

> « Merci Éric pour ta proposition que je transmets au plus vite au héros de l'album, mon scénariste Arsène, et je te les renvoie signés dès que possible. En ce qui concerne l'à-valoir, tu me confirmes qu'on touche la première moitié à la signature ? Bien à toi, Jean. »

Il ne s'agirait pas d'oublier les pépettes, surtout si je veux offrir une thalasso à Françoise. Des années qu'elle en rêve. Des années que je lui offre des sels marins à dix balles à la place. Elle non plus ne va pas en croire ses yeux. Dehors le ciel est d'un bleu éclatant, l'air froid réveille mes poumons, il y a longtemps que je ne me suis pas senti aussi bien, aussi vivant. En longeant la plage du *Grand Hôtel*, déserte à cette période, je me dis que la vie, c'est rien d'autre qu'une météo bretonne. Dans ma tête je commence à faire un planning, on a déjà quatre pages, après les fêtes, on attaque la suite des scénarios et de mon côté il faut que j'aie tout bouclé, dessins et couverture compris, en juin. Je me réjouis à l'avance.

Mon téléphone sonne enfin, je sursaute et décroche, un peu déçu.

— Salut Didier !

— Alors c'est génial pour Delcourt ! Tu vois je te l'avais dit !

— Je signe pas chez Delcourt.

— Ah merde. Me dis pas que le comité a refusé le projet ? Pas déjà ?

— Aucune idée ! Glénat a appelé juste après et dans la foulée Éric Bréau m'a envoyé les contrats pour une parution en octobre prochain !

— Nan ?

— Si ! je glousse.

— Putain je le crois pas, ils sont à fond !

— À fond, avec une avance de vingt mille.

Que c'est bon de pouvoir crâner. Je me revois il n'y a pas si longtemps me tortiller comme un gros bébé sur mon tapis rose avec Marie-Christine et mes copains dépressifs et aujourd'hui, je suis là, à savourer ce succès venu de nulle part. Quel pied !

— C'est Françoise qui doit être contente !

— Ouais, enfin elle n'est pas encore au courant… je vais lui faire la surprise !

— Et ton petit protégé ?

— Tu sais pas la meilleure ? Il est sorti de l'hosto ! C'est bon signe ! Il va poursuivre son traitement à la maison ! Ça veut dire que ses résultats sont bons, il va s'en sortir, c'est un battant !

— Il doit être fou de joie ! C'est pas courant de faire une BD sur son histoire, à treize ans en plus. Vous allez faire un malheur !

— Ouais !

Je n'ose pas lui dire qu'Arsène non plus n'est pas au courant. Son silence est de plus en plus inquiétant. J'espère qu'il va se manifester avant ce soir.

— Bon, dès que tu as une date de sortie j'organise une dédicace, ça va être grandiose, juste avant Noël en plus vous allez faire un carton.

— Attends, il n'est pas encore fait !

— C'est qu'une question de mois maintenant. Je suis très content pour toi Jean.

Je raccroche, un peu préoccupé. Je n'arrive pas à comprendre pourquoi Arsène ne répond pas. Même un simple « OK » ou n'importe quel émoji débile, mais un signe !

Le vent se lève, un nuage noir a assombri le ciel et s'avance, menaçant, tel un vaisseau ennemi. Bien à l'abri à *La Potinière*, ce bar où j'ai tant fait la fête, je n'arrive pas à savourer ma bière. Une alarme intérieure s'est mise en route et elle ne s'arrêtera que lorsque j'aurai des nouvelles de mon scénariste. Pour tromper l'attente, je commande une deuxième bière, c'est ma tournée. De toute façon dehors il pleut des trombes. À la tienne Jeannot.

## 40

Je rentre après la troisième bière. Et surprise, je découvre la voiture de Françoise garée devant la maison. Je me précipite à l'intérieur et je la trouve en train de bouquiner tranquillement dans le canapé du salon.

— T'étais où ? Et ne me dis pas que tu étais à l'hôpital, je sais que c'est ton jour de repos !

Françoise me regarde, l'air satisfait.

— Moi aussi j'ai le droit d'avoir mes petits secrets !

— T'étais chez le coiffeur ? je demande.

— Ah ? Tu as remarqué ? dit-elle en faisant mine de se laisser admirer.

— Tu es allée te faire coiffer à Rennes ou quoi ? Des heures que j'essaie de te joindre, j'ai même fait un malaise à l'hôpital, Chantal a essayé de t'appeler tu ne répondais pas !

— Oui ben ça va mieux à ce que je vois ? Tu empestes la bière.

— T'étais où ?

— Chez le coiffeur et avant ça chez le garagiste pour un contrôle technique, tu es content ? J'ai fait un peu de shopping et j'ai bu un thé avec Marylou, je me suis changée les idées ! J'ai pas le droit ?

— Je voulais t'annoncer une bonne nouvelle.

— Si c'est les analyses d'Arsène, je suis déjà au courant, ils l'ont laissé sortir.

— Une autre bonne nouvelle.

J'ai enfin toute son attention. Françoise me regarde, à mille lieues d'imaginer ce que je m'apprête à lui dire. Ce moment restera gravé à jamais dans le marbre du panthéon des moments clés de ma vie : mon premier concert d'ACDC (avec Bon Scott s'il vous plaît), ma première publication (j'écumais toutes les librairies et hypers de la région pour vérifier qu'ils avaient mon album avec mon nom écrit dessus) et la naissance des jumeaux.

— Françoise, ce n'est pas que je voulais te faire des cachotteries, loin de là, c'est juste que j'attendais le bon moment pour t'en parler.

Elle s'impatiente, légèrement agacée. Je ne sais plus comment lui présenter les choses.

— Arsène et moi on a eu un vrai coup de cœur amical. Il s'est beaucoup confié à moi et je sais que tu as du mal à y croire, mais lui et moi, on est sur la même longueur d'ondes. Bref, ça a commencé comme une boutade, mais c'est devenu très sérieux, on va faire un album ensemble.

— Un quoi ? s'exclame-t-elle, perplexe.

— Un album de BD.

— Tu rigoles ?

— Pas du tout. Je peux même te dire que c'est très engagé. Delcourt et Glénat sont tous les deux intéressés, Glénat a même envoyé un contrat avec à la clé un à-valoir de vingt mille euros.

Je ne suis pas mécontent de mon petit effet. Françoise écarquille les yeux et pour une fois ne trouve rien à dire.

— Je te montre si tu veux ?

— Je veux bien, parce que là j'ai l'impression que tu es ivre et que tu divagues.

Je cours comme un gamin chercher les planches et reviens. Françoise n'a pas bougé d'un cil, elle est comme statufiée sur le canapé.

— Regarde, tu vas voir si je suis bourré !

Françoise regarde les planches, étonnée. Elle me sourit, muette d'admiration.

— Et tu dis que Glénat t'a envoyé un contrat ? Avec un à-valoir de vingt mille euros, pour un seul album ? Tu n'as jamais touché autant d'argent ! C'est inespéré ! Et Arsène est d'accord ?

— Évidemment qu'il est d'accord et sa mère aussi, tu me prends pour qui ?

Elle rit.

— C'est pas ce que je voulais dire, mais c'est un gosse, un ado, il va retourner à ses occupations. Ils zappent vite à cet âge-là.

— T'inquiète, avec vingt mille euros à la clé, je te jure qu'il est motivé.

— C'est génial. Je ne sais pas quoi dire. Je ne m'y attendais pas du tout et je trouve que c'est une bonne idée. Une très bonne idée même ! Cette BD devrait faire du bien à beaucoup de jeunes malades. Bravo Jean !

En bonne infirmière, Françoise m'a enlevé une énorme épine du pied. Je suis soulagé et heureux de sa réaction. Par superstition je me retiens de lui dire pour la thalasso, j'attends d'avoir signé le contrat. Et je ne veux pas flamber tout mon bonheur d'un coup, j'en garde un peu pour Noël. Je sais déjà comment je vais lui annoncer. Je vais la dessiner à poil, les yeux fermés, couverte d'algues vertes avec des crabes furibards prêts à lui pincer les seins. Joyeux Noël mon amour !

# 41

Ce matin un nouveau mail d'Éric Bréau m'attendait bien sagement dans ma messagerie.

« Salut Jean, tu as dû recevoir les contrats ? Peux-tu les renvoyer signés avant les fêtes de Noël ? J'aimerais boucler ce dossier avant la fin de l'année, et avec les fêtes on va déjà prendre du retard. Par ailleurs quand le projet sera plus avancé ce serait bien de vous rencontrer, Arsène et toi, j'ai déjà quelques idées pour la com. Je ne t'ai pas encore demandé, il va bien ? Il est guéri ?

Bien à toi,

Éric »

La pression monte et je n'ai toujours pas de retour d'Arsène, je commence sérieusement à m'inquiéter. Pourquoi ce silence ? Mais Françoise a raison, c'est un ado, il doit faire la tournée des copains, il ne faut pas le brusquer. Je fais quand même une petite relance par SMS.

« Coucou Arsène, comment vas-tu ? Toujours sur ton petit nuage ? Je voulais m'assurer que tu avais bien reçu mon précédent message qui concernait notre projet d'album qui avance à grands pas, tu me connais, je suis le Gaston Lagaffe de la technologie ! Je t'embrasse ainsi que ta maman, Jean. »

Bon, là s'il ne réagit pas, je ne comprends plus rien. Mon bonheur sera vraiment à son comble quand on aura envoyé les contrats signés. Je pourrai enfin annoncer la nouvelle sur Facebook. Ça va en étonner plus d'un ! Depuis hier Françoise est toute guillerette, à elle aussi le montant de l'à-valoir a donné des ailes. Je ne lui ai pas précisé que je faisais 50/50 avec Arsène, c'est entre lui et moi. C'est le prix de ma résurrection. Ce projet va nous porter bonheur à tous les deux, je le sais, je le sens. Un avenir radieux s'offre à nous.

En attendant, je m'octroie une pause toilettes-sudoku. C'est ma méditation à moi. En sortant quelques minutes plus tard de ma retraite, je découvre un long SMS d'Arsène, enfin. Mais dès les premiers mots, je tombe des nues.

« Jean, merci pour tes messages et pour les moments privilégiés que tu as passés auprès d'Arsène. En effet, ses analyses sont très bonnes, à tel point que les médecins sont d'accord pour qu'il poursuive sa chimiothérapie à domicile. Il peut même sortir et bientôt retourner au collège après les vacances de Noël. Une nouvelle année et un nouveau départ pour lui, pour nous. Tu comprendras j'en suis sûre qu'Arsène veut, doit, passer à autre chose. Bravo pour l'album, nous nous réjouissons pour toi, mais ce sera sans lui. Pour lui, c'est déjà du passé. Il ne veut pas retourner à l'hôpital, même en « BD ». Il a besoin d'aller de l'avant, de concentrer son énergie, de retrouver ses copains, son collège, ses activités, sa vie d'ado. Dans sa tête, la leucémie est déjà derrière lui (ce qui est bon signe !!!). Merci Jean d'avoir été là pour lui, pour nous, et d'avoir un peu été le grand-père qu'il n'a jamais eu. Je sais que vous étiez proches et c'est exactement ce dont Arsène avait besoin, une présence rassurante et bienveillante à ses côtés dans ces moments si douloureux et si difficiles. Joyeux Noël Jean ! Solène et Arsène »

Elle m'aurait mis un pain comme Zézette que ce serait pareil. Je suis sonné. Déchiré entre ma joie pour Arsène et l'ouragan qui fonce droit sur moi. Soudain il est là, la terre tremble sous mes pieds. Abasourdi, je lis et relis le message sans comprendre. J'ai la nausée, la tête qui tourne, le cœur qui s'emballe, je me laisse tomber sur le sol. Ce n'est pas possible. Ce n'est pas possible. CE N'EST PAS POSSIBLE. J'ai un vertige. Dans ma tête c'est le chaos. Je suis anéanti. « Un grand-père » de substitution ? C'est ça que j'étais pour lui ? Pas un ami, pas un pote, pas un copain, mais un grand-père ? Un gentil grand-père ? Un pépé, un vieux schnock ? Un libidineux un peu trop collant ? Mais qu'est-ce que je vais faire ? Qu'est-ce que je vais dire à Glénat ? Pour qui je passe, moi, maintenant ? Mais pourquoi il me fait ça ? Je croyais qu'on s'entendait bien lui et moi ? Qu'on s'était trouvés ? Reconnus même ?

Je suis rien sans lui. Foutu, bon pour la casse. Fini. Au pilon.

Je repasse le film dans ma tête. Est-ce que j'aurais mal compris ? Je n'ai pas rêvé, il était bien partant pour faire cette BD ? Solène la première a trouvé l'idée « géniale » ! C'est même elle qui a sollicité mon aide. Quand je lui ai parlé binôme, contrat, à-valoir, il était bien conscient, un peu faible c'est vrai, mais pas sous l'emprise de médicaments ? Je ne lui ai pas volé ou extorqué ses idées ? Je ne suis pas un vautour, un crevard ? Le dernier des connards ? Et pourquoi Arsène ne prend pas la peine de me l'écrire lui-même ? Il ne veut plus entendre parler de moi, c'est ça ? Je ne peux m'empêcher de repenser à notre dernière rencontre. Une fois de plus je me maudis, j'ai tout gâché en lui parlant de Laurent. C'était la confidence de trop. Il aura pris peur, c'est encore un enfant, il est si fragile sous ses airs bravaches. Il a dû penser que je faisais une sorte de transfert et me sentir trop impliqué. Ou c'est sa mère qui le protège. À ses yeux j'ai trahi ma promesse. Toutes ces questions tournent dans ma tête à m'en donner le tournis.

Quand Françoise rentre et allume les lumières de la maison, je n'ai pas bougé. Je suis toujours là, sonné, avachi, tordu, comme une plante desséchée sur le sol du salon. Je n'ai même pas vu la nuit tomber.

— Jean ? Mais qu'est-ce qui se passe ? Qu'est-ce que tu fais dans le noir ? Tu es tout pâle, ça ne va pas ?

Sans un mot, je lui fais glisser mon téléphone. Inquiète elle lit le message et pousse un soupir de soulagement.

— Tu m'as fait peur ! J'ai cru qu'il était arrivé quelque chose de grave aux enfants !

En pensant à eux, à ma dernière conversation avec ma fille, je craque.

— Calme-toi Jean, ne reste pas par terre, viens t'asseoir avec moi sur le canapé.

J'ai pris dix ans dans la gueule, tétanisé, le corps raidi par cette immobilité sur le carrelage froid, je suis incapable de me mouvoir.

— Faut que tu m'aides, je ne peux pas te porter !

Je me lève, tant bien que mal.

— C'est foutu, je suis foutu, je suis mort.

Françoise s'agace.

— Mais non, qu'est-ce que tu racontes ? C'est toi le professionnel, pas Arsène ! C'est un gosse ! Tu en as fait combien des BD avant de le connaître ? Tu feras l'album sans lui et puis c'est tout.

Et puis c'est tout. Elle ne comprend pas, elle ne peut pas comprendre que sans Arsène, sans son humour, son étincelle, sa malice, sa sensibilité, son charme, son vécu, je suis incapable d'écrire cet album. L'âme de ce projet, c'est lui. C'est pour lui que Glénat et Delcourt se sont manifestés, pour lui et personne d'autre. Dans l'histoire, je ne suis qu'une mine de papier, je ne compte pas. Abattu, je me traîne jusqu'à mon lit où je m'écroule comme un tronc mort. Je veux disparaître, ne plus penser, fermer les yeux et ne jamais me réveiller.

# 42

Le lendemain matin Françoise me tire du lit avec la douceur qui la caractérise.

— Allez lève-toi ! Tu ne vas pas te laisser abattre !

— Laisse-moi.

— Dépêche-toi !

Trop fatigué pour batailler avec elle, je me lève tant bien que mal et la rejoins dans la cuisine avec la ferme intention de me repieuter dès qu'elle aura claqué la porte.

— Tiens, bois un café.

Françoise me fixe.

— Écoute, tout n'est pas fichu ! Ton éditeur n'est pas au courant pour Arsène, il ne le connaît pas. Bon tu commences l'album sans lui et puis d'ici là… qui sait ? Il aura peut-être changé d'avis ? C'est un ado ! Souviens-toi comment étaient Erwan et Gwenaëlle ! me lance-t-elle en levant les bras en l'air comme pour mieux me rappeler les innombrables retournements de situation spectaculaires de nos enfants.

Je pousse un long soupir d'exaspération. La seule chose qui me console un peu dans ce désastre, c'est qu'elle n'est pas au courant pour la thalasso.

— Ben quoi ? C'est pas vrai ce que je dis ?

— Non, c'est pas vrai Françoise. Tu n'as toujours pas compris ? Arsène m'a redonné l'envie et l'énergie de dessiner. Sans lui, sans ses idées, je n'ai aucune inspiration ! C'est son humour, sa personnalité qui plaît, pas la mienne ! T'as vu ma tronche ? Je suis qu'un vieux ringard. C'était ma dernière chance de rebondir et elle vient de me passer sous le nez ! Désolé de te décevoir une fois de plus. Tu vois, je voulais te faire la surprise pour Noël, j'attendais juste l'avance pour pouvoir enfin t'offrir la thalasso de Dinard, c'est quand même pas la mer à boire ? Mais apparemment, même ça je n'en suis pas capable…

— Ne pleure pas Jean, c'est pas grave, je m'en fiche de faire une thalasso.

— Arrête, tu sais pas mentir.

— Il ne faut pas en vouloir à Arsène, il faut le comprendre, c'est qu'un gosse.

Sa réflexion me fait bondir. Dans un mouvement de rage j'explose ma tasse à café sur le sol de la cuisine. Françoise me regarde sans un mot, ses yeux de hibou braqués sur moi.

— Mais comment peux-tu penser une seule seconde que je lui en veux ? Putain Françoise, je l'adore ce gosse ! Il est sauvé, il est guéri, c'est tout ce que je voulais pour lui ! C'est à moi que j'ai envie de donner des baffes ! À moi ! je crie en me talochant.

— Arrête Jean ! hurle Françoise.

Je suis hors de moi.

— Je ne suis même pas foutu de faire l'album sans lui ! J'ai rien, tu m'entends ? Nada, que dalle à proposer ! Je suis heureux pour lui, ça se voit peut-être pas, mais je suis heureux et soulagé. Mais maintenant, c'est moi qui suis malade !

— Oh Jean arrête ! Elle regarde sa montre. Il faut que j'y aille, ça va aller ? Tu veux que je reste ?

— Non, laisse-moi, j'ai besoin d'être seul. Et t'inquiète pas je nettoierai, de toute façon je suis bon qu'à ça, passer la serpillère.

Françoise n'insiste pas et part. Je me retrouve seul comme un con. Encore tout tremblant et surpris par la rage qui me parcourt l'échine. Dans un élan de masochisme je me dirige vers mon ordinateur pour regarder mes mails. Celui d'Olivier Milan de Delcourt me nargue en bonne place.

> « Cher Jean,
>
> C'est avec grand plaisir que je t'annonce que ton projet a retenu l'attention du comité éditorial, je t'appelle dans l'après-midi pour en discuter plus en détail avec toi, je suis très excité par ce projet atypique, à bien des égards. Merci de ta confiance.
>
> Bien à toi,
>
> Olivier »

Merci de ta confiance, elle est bien bonne celle-là. Tu vas pas être déçu mon pote. Un autre mail attire mon attention, de Cathy, je suis surpris d'avoir de ses nouvelles. Elle nous a envoyé une vidéo. Rageusement, je clique sur le lien. Mon Dieu, pourquoi ? Affublée d'une nuisette, elle a éprouvé le besoin de partager avec nous son « fou rire » du matin. Très vite, je l'arrête dans son élan en mettant sur pause, je ne suis pas en état d'assister à ses névroses. Cathy à moitié à poil qui imite (mal)

Marie-Christine en train de provoquer un fou rire poussif, face caméra. C'est gênant. Je ne pensais pas que c'était possible, mais elle a réussi l'exploit de me déprimer un peu plus. Cette imbécile m'a achevé, elle est encore plus chtarbée que l'originale.

Je commets la deuxième erreur de la journée en allumant mon téléphone. Des notifications s'agitent sur mon écran. Une tripotée de SMS de félicitations suite à ma fanfaronnade d'hier.

« Trop content pour toi, bravo Jean, chez Glénat en plus, c'est la classe !!! » de Philou.

« Bravo Jeannot ! Tu vas casser la baraque !! » de Karim.

« Jeannot chez Glénat, j'y crois pas ! » de Marc.

Moi non plus Marc, moi non plus. Ces mêmes messages chaleureux m'auraient fait bondir comme un cabri hier. Aujourd'hui ils me blessent comme autant de coups de poignard. Comment je vais faire pour m'en sortir la tête haute ? S'il n'y avait pas les enfants, je crois que je pourrais me suicider, ou mourir de honte.

Un SMS de Françoise vient compléter ma collec' :

> « Je crois que j'ai une idée, on en parle ce soir à la crêperie ? N'oublie pas que je t'aime, F
>
> PS : attention à ne pas te couper en ramassant les morceaux, si besoin il y a des pansements dans le deuxième tiroir de la salle de bains. »

Oh putain. Il manquait plus que ça. Et si c'est pour me suggérer d'aller faire des animations dans des anniversaires, je préfère encore me taillader les veines avec les restes de cette putain de tasse. Quoique le mieux serait encore de prendre un mauvais virage avec la 4L sur la route de Saint-Briac, et ni vu ni connu (et sur un gros malentendu), je pars en pleine gloire. Je rentre dans la légende et mieux encore, je deviens un artiste (local) maudit. La réputation de Françoise et des enfants est sauve. Et tout auréolée de cette fin tragique, de ce destin brisé, elle rencontre un homme, un winner, ils se marient et partent en voyage de noces en thalasso à Djerba.

Et tout le monde est content.

« C'est injuste, il venait de signer le contrat de sa vie chez Glénat. »

« Au moment où tous les éditeurs se l'arrachaient. »

« Pile quand le neuvième art allait enfin reconnaître son génie ! »

C'est toujours plus glorieux que de dire à un éditeur « Pardon pour le dérangement, mais il veut plus, il va mieux, il s'en fout, mais c'est pas grave, à la place le grand-père te propose de faire un T4 des Papy Bikers » ?

Qu'est-ce que je vais bien pouvoir dire à Glénat ? Delcourt encore, je peux sauver l'honneur en disant que j'ai déjà signé, mais Éric Bréau ? Il ne va pas me lâcher, c'est sûr. En plus d'être humilié, je suis grillé. Grillé avec Glénat et Delcourt avant même d'avoir commencé à travailler avec eux. Bel exploit. Déprimé, j'éteins mon téléphone et retourne me coucher, c'est ce que j'aurais dû faire depuis le début.

# 43

Attablés au *Petit Pot de Beurre*, devant nos cocottes fumantes de moules marinières, Françoise m'expose enfin son idée. Tout en l'écoutant d'une oreille je me fais la réflexion que ce soir, c'est sans doute une de mes dernières sorties en public. Quand le scandale aura éclaté, quand tous mes voisins, les habitants de la région, de la côte d'Émeraude, quand tout le monde aura découvert ma nullité créative, je n'aurai d'autre choix que de rester cloîtré chez moi, ou plutôt dans mon atelier, au fond du jardin. D'où l'on m'exhumera un jour, le corps plié en deux, complètement fossilisé sur ma chaise. Par la suite, on m'enterrera à la sauvette, chaussons aux pieds, car ni les pompiers, ni les employés des pompes funèbres n'auront réussi à les décoller sans m'arracher les extrémités. Et pour tous je serai alors « La momie de Saint-Lunaire ».

— Jean, j'ai réfléchi, ne lève pas déjà les yeux au ciel, je n'ai pas encore commencé !

— Écoute, je suis déjà au fond du trou, alors ménage-moi.

— J'ai repensé aux planches que tu as faites avec Arsène.

Insensible à ma détresse, Françoise remue le couteau dans la plaie, pourtant déjà bien à vif.

— Tu sais pourquoi elles ont autant plu ?

— Parce qu'elles sont drôles ?

— Oui, mais pas que.

— Bon vas-y Françoise, balance-la ton idée, je ne suis vraiment pas d'humeur à jouer aux devinettes !

Elle soupire, comme si j'étais devenu un de ses malades exaspérants.

— Elles sont drôles bien sûr, mais surtout, elles sont originales et personnelles.

— Je sais tout ça, tu veux absolument que je me pende ou quoi ?

Ce n'est pas possible d'avoir aussi peu de psychologie.

— Je n'ai pas fini ! Je ne dis pas ça pour te faire du mal contrairement à ce que tu penses, je ne suis pas une sadique Jean, mais pour que tu prennes conscience d'une chose. Ces petites histoires, ces anecdotes fonctionnent parce qu'elles sont sincères !

— Oui et alors ?

— Il y a de l'humour bien sûr, mais aussi de la peur, du vécu, de l'émotion. Un regard sensible et décalé sur une situation personnelle dramatique.

— Tu ne m'apprends rien ! Et c'est justement pour toutes ces raisons que je ne peux pas l'écrire, cet album !

— Mais tu peux faire pareil Jean !

Je la regarde sans comprendre. Pareil ? Jusqu'à preuve du contraire, je ne suis pas malade, je n'ai pas le cancer. Pareil que quoi ?

— Ne fais pas semblant de ne pas comprendre Jean !

— Semblant de quoi ? Je ne comprends pas un mot de ce que tu me dis !

— Tes cauchemars, ta peur de vieillir ! s'énerve-t-elle.

Toutes les têtes se sont tournées vers nous. J'ai plongé la mienne dans mes moules.

— Tu peux parler moins fort ? je fulmine.

— Mais personne n'a entendu !

Françoise est impossible, elle est la mauvaise foi incarnée, je me retiens de l'ébouillanter en lui plongeant la tête dans ses moules.

— Quoi mes cauchemars ? je marmonne le plus discrètement possible.

Je ne vois pas du tout le rapport.

— Si un gosse de treize ans est capable de rire de sa leucémie, tu devrais pouvoir en faire autant avec tes angoisses ? Plutôt que de te lamenter sur ton sort, ris de tes propres faiblesses et fais-en une BD !

Je suis hors de moi.

— Décrépir n'a jamais fait rire personne !

Dans la salle du restaurant tout le monde s'est arrêté de manger. Les regards se font de plus en plus insistants, mais je suis bien trop énervé pour être gêné.

— Tout va bien ? demande la serveuse dans un sourire crispé.

— Vous nous apporterez l'addition s'il vous plaît ? je demande en évitant son regard.

— Moi je prendrai un dessert, si tu permets, et apportez-nous encore un peu de cidre, j'ai soif !

Tétanisée, la serveuse nous fixe, les yeux affolés, essayant de deviner qui des deux est aux commandes. De toute évidence elle redoute un autre esclandre de la part de son couple d'habitués.

— Une cinquante centilitres ? tente-t-elle sur un coup de poker.

— Très bien ! s'exclame Françoise.

La serveuse repart rassurée. Elle avait vu juste, c'est bien Madame qui porte la culotte. Françoise me regarde, imperturbable, avec l'assurance de celle qui a gagné une manche difficile. En mauvais perdant, je lui lance un regard noir.

— Franchement, tu trouves que le cancer chez un ado, c'est drôle peut-être ?

Touché.

— Tu dis toujours que je n'ai pas confiance, mais c'est toi, Jean, qui n'as pas confiance en toi !

Coulé.

Françoise a raison. Je me suis toujours protégé, retranché derrière un humour neutre, franchouillard et sans conséquence. La prise de risque, ça n'a jamais été mon fort. J'ai honte. Je suis un planqué. Je me suis caché derrière l'autodérision d'un ado malade. Et dès qu'Arsène est passé à autre chose, je me suis effondré.

Malheureusement pour moi, je ne suis pas sûr de faire preuve d'autant de lucidité que lui. Déjà que je n'ai pas le courage d'affronter mon andropause, alors rire de mes angoisses…

Nous rentrons en silence, dans les rues sombres et désertes de Saint-Lunaire. Plongé dans mes pensées, je me remémore ma première rencontre avec Arsène et toutes celles qui ont suivi. Je repense à nos échanges, nos conversations et cette façon qu'il avait de prendre la maladie par-dessus la jambe.

— Ça t'ennuie si je ne rentre pas tout de suite ? je demande.

— Non, je te laisse à ta promenade digestive, moi par contre je vais me coucher, demain je commence à six heures.

Nous nous quittons sous un magnifique clair de lune. Contre toute attente, cette soirée m'a fait du bien. Je dois admettre que Françoise a une fois de plus raison, c'est d'abord à moi de me faire confiance. Je me dirige tranquillement vers la mer. Je m'assois sur un banc glacé sur la digue de la plage du *Grand Hôtel*. Je suis bien là, malgré le froid, à écouter le bruit des vagues, le cul anesthésié. Les mots de Françoise ont agi comme un pansement. Arsène m'aura non seulement bouleversé, mais fait replonger dans mes souvenirs. Comme mon dépucelage auquel je n'avais plus jamais repensé. Je revois son regard quand je lui racontais ce que c'est de faire l'amour pour la toute première fois. Cette expérience incroyable de pénétrer le corps d'une femme, pour ne faire qu'un. Je suis si heureux de le savoir chez lui, auprès de sa mère, pour Noël. Soudain l'émotion me gagne à la façon d'un tremblement de terre avant un tsunami, comme si l'énormité de cette victoire sur la maladie trouvait enfin le chemin de ma conscience. Mon excitation pour cet album a presque atténué l'essentiel, la rémission d'Arsène. C'est comme si le brouillard devant moi se dissipait et que je découvrais enfin le gouffre immense sous mes pieds. Je réprime un vertige. C'est tellement évident, jamais je n'aurais pu surmonter la mort d'Arsène. Ce deuxième deuil m'aurait achevé, précipité dans les abîmes de la dépression. Mais il est sorti de l'hôpital. Il va aller de mieux en mieux et va compter parmi les 80 % des enfants qui survivent au cancer. Des larmes de soulagement coulent sur mes rides. Car oui, Arsène va guérir, Arsène va grandir, Arsène va vivre. J'ai une pensée pour Laurent, qui n'aura pas eu cette chance. C'est étrange, malgré toutes ces années, mon chagrin est resté intact, comme une parure à l'abri d'un coffre-fort. Le temps patine, mais ne guérit pas. Et ce qui me rend triste ce soir c'est d'avoir déçu mon petit frère en me révélant incapable de me renouveler. Je me lève avant d'être complètement engourdi par le froid, pressé de retrouver la chaleur de ma maison. Quand j'arrive Françoise dort déjà. Je me glisse en faisant le moins de bruit possible sous la couette chaude. Je n'ose pas me coller à elle, de peur de la réveiller avec mes pieds glacés. En écoutant sa respiration régulière et réconfortante, je repense aux copains et à notre week-end à Ploërmel. Je les revois se gondoler tandis que je faisais l'andouille à quatre pattes ou ma veste sur la tête, prêt à toutes les âneries pour les amuser. J'étais libre et heureux. Comme un gosse fier d'épater la galerie. Et pourtant, ce que je leur racontais n'avait rien de drôle. Mais c'est la façon dont je le faisais qui les poilait. Je peux le refaire, je dois retrouver cette douce folie. Comme l'a dit Marie-Christine, il faut renouer avec sa joie intérieure, même si elle est coincée tout au fond d'une crevasse.

## 44

Je suis foutu. La seule bonne idée que j'ai trouvée c'est : et si je me cassais le poignet ? Je gagne du temps tout en me donnant une excellente raison de ne pas honorer le contrat. Je me sors d'une situation impossible, la tête haute, tout en m'offrant un peu de répit. Le temps de prendre du recul. Un temps de guérison propice, je l'espère, à une stimulation créative ? J'ai même pensé à comment présenter la chose :

« Désolé Éric, il m'arrive une grosse tuile, le truc bête, une mauvaise chute, les médecins sont formels, je ne pourrai pas toucher un crayon avant des semaines, voire des mois ! On peut décaler au niveau du planning ? »

Courage, fuyons.

Mais ma question est : comment faire concrètement pour réussir à me casser le poignet droit ? (Sans compter que ça doit faire un mal de chien.) Je ne vais tout de même pas me le briser à coups de marteau ? Je repense plutôt confiant à la vidéo qu'Erwan m'a envoyée, celle où il se fait casser un bâton dans le dos sans ciller. Je l'entends encore me dire « C'est ça, le kung-fu papa, la force mentale et physique ! ». Il n'avait pas l'air de trop souffrir sur le moment. Je la visionne pour le plaisir de regarder mon fils, mon beau garçon. Sur les images Erwan apparaît concentré, fort, élancé, serein et courageux, prêt à contrer la douleur. Tout le contraire de son père.

Soudain mes yeux se brouillent. La honte s'abat sur moi comme la foudre. Comment ai-je pu avoir une idée aussi stupide ? Suis-je tombé si bas ? Erwan est parti jusqu'en Chine pour s'enrichir, se renforcer sur un plan spirituel et physique et moi, mon premier réflexe devant l'adversité, c'est d'essayer de trouver une solution pour me casser le poignet sans trop me faire mal ? Mais quel couillon. Quel trouillard je fais. Je suis pathétique. Arsène a vu juste, il a bien eu raison de passer à autre chose, je ne vaux pas le détour. Au lieu de m'inspirer de son courage, je cherche à m'esquiver par la petite porte, comme un lâche. Même Cathy avec ses vidéos plagiats est plus couillue que moi. Au moins elle essaie, elle n'a pas peur de se ridiculiser, elle mouille sa chemise, en l'occurrence sa nuisette. Je suis vraiment le roi des blaireaux. Je regarde mon reflet dans le miroir et il n'est pas beau à voir. C'est bien simple, je me dégoûte. En plus de vieillir, je me déplume, mais je me délite. Un eunuque en chaussons, voilà ce que je suis devenu. Déprimé, je décide de me prendre une bonne biture, ça au moins j'en suis toujours capable, tout seul, à la maison, comme un vrai zonard, histoire de me complaire dans ma médiocrité et de bien toucher le fond. Ça tombe bien, le frigidaire est rempli de bières. Je les enchaîne méthodiquement, sans aucun plaisir, jusqu'à ce que je me sente ballonné et vaseux. J'attaque la phase deux du programme, en m'allongeant sur le canapé pour piquer un roupillon. Dans un semi-coma je divague en pensant à Françoise, à nous. Je me repasse le film de notre vie. Toutes ces années passées ensemble, l'un à côté de l'autre, l'un dans l'autre, l'un avec l'autre. Comment imaginer une seule seconde ma vie sans elle ? Je me remémore avec une certaine nostalgie les sales tours qu'elle a pu me jouer, dont le dernier en date avec le stage de rigologie. J'ai une vision de moi, lobotomisé par Marie-Christine, à miauler et jouer les matous castrés sur mon tapis rose. Ivre, je glousse en repensant à tout ce que cette autoproclamée experte du LOL m'aura fait faire. Rire sur commande comme un perroquet, danser sur la Macarena, une musique que j'abhorre, et sans oublier, le pompon final avec cette partouze platonique, moi le grand pudique ! Je me console en me disant que cette expérience inédite m'aura offert un petit moment de gloire à Ploërmel ! J'espère que c'est cette image, plutôt que mon lamentable échec avec Glénat et Delcourt, que les copains garderont de moi. Celle d'un bon gars jovial et sympa, toujours prêt à la déconne, et non d'un dessinateur maudit. Je les entends encore hurler « Le tambour ! le tambour ! » pour que je leur rejoue une dernière fois le cercle de joie, ma coiffe en jean sur la tête. Je ne me faisais pas beaucoup prier pour les rappels, trop heureux d'être le clou de ce spectacle. Quel bonheur ! Et soudain, dans un nuage éthylique, une éclaircie ! « Mais bien sûr », comme dirait l'autre, il est là mon sujet ! Original, personnel, atypique et désespérément drôle. Il y a tellement à dire et surtout à rire sur la rigologie. Déjà, j'ai une belle brochette de personnages ! Entre Jacques le « croque-mort » raide comme la justice, Hélène la victime de la maladie d'amour, Nicolas le hikikomori, Cathy la fan hystérique et moi bien sûr, le dépressif récalcitrant. Sans oublier l'inimitable Marie-Christine, parfaite en héroïne de bande dessinée, avec ses tenues hautes en couleur et ses cheveux tout feu tout flamme. Comme Arsène avec sa maladie, cette expérience éprouvante m'apparaît comme une formidable source d'inspiration. Un « bon sujet » à dessiner. Et comme si j'avais ouvert le bon tiroir, des idées, des images, des situations éclairent mon esprit brumeux comme autant d'étoiles filantes. J'ai même une idée de titre, *Courage, rions*.

Soulagé, rassuré, je me laisse sombrer en l'ânonnant comme un mantra, de peur de le perdre dans mes méandres éthyliques.

## 45

J'émerge vaseux et ankylosé. D'un pas incertain je me dirige vers le percolateur pour une série de cafés bien serrés et fonce cahin-caha vers mon atelier. Je n'ai plus une minute à perdre. Surtout ne pas réfléchir, seulement dessiner. Retranscrire ce qui m'est apparu dans cet état second. Pas tout à fait sobre, je ris tout seul devant ma table à dessin. Je crayonne avec frénésie. Je croque inlassablement Marie-Christine dans une multitude de situations avec ses stagiaires. Contrairement à l'andropause, la rigologie est particulièrement propice aux expressions et aux grimaces sur les visages des personnages. J'éprouve une telle joie enfantine que je ne vois pas le temps passer. Et dans mes petites histoires, pas question de m'épargner ni de me donner le beau rôle. Avec ce projet, je baisse mon froc et je montre tout. Mes réticences, ma passivité, mon désarroi, mon ridicule. En me moquant gentiment, j'appuie où ça fait mal, je reprends le pouvoir. Et surtout je me marre avec un plaisir jubilatoire. Et quand j'estime avoir quelque chose de suffisamment intéressant, je le scanne. Puis direction l'ordinateur. Fini de me cacher. Françoise a raison, je dois être capable de rire de mes propres faiblesses. Je ne suis plus un planqué, mais un putain de rocker.

« Salut Éric,

Je suis désolé pour le contretemps, mais on ne va pas le signer ton super contrat. Dans ton dernier message tu me demandais comment allait mon petit scénariste Arsène, eh bien il va bien, très bien même ! Tellement bien d'ailleurs qu'il a tourné la page et ne souhaite plus en entendre parler, de près ou de loin, de son cancer, ce que je respecte. J'espère qu'il en sera de même pour toi. Tu comprendras également que sans lui, ce projet n'a plus lieu d'être. Désolé pour ce faux bond juste avant les fêtes. Mais si ça t'intéresse, j'ai une autre idée sous le coude, sur une expérience personnelle, la rigologie, tu connais ? Crois-moi, ce n'est pas piqué des hannetons ! Je t'envoie les premières planches. N'hésite pas à revenir vers moi.

Bien à toi,

Jean »

J'envoie également les planches à Olivier Milan de chez Delcourt.

« Bonjour Olivier,

Désolé de ne pas t'avoir rappelé, mais entretemps, le projet *Arsène et les molécules* est tombé à l'eau, et pour de très bonnes raisons. Mon petit coscénariste n'a plus la tête à écrire mais à guérir. En voici un autre (en solo) qui me concerne directement, en espérant qu'il soulève le même enthousiasme que le précédent ?

À bientôt,

Jean »

Puis, ni une ni deux, je décide, après un brin de toilette, de tester mes nouvelles planches sur Didier, histoire de voir en direct sa réaction, même si je suis étonnamment confiant. Je sais au fond de moi, comme je le savais pour *Arsène et les molécules,* que je tiens quelque chose. Déjà, j'imagine la réaction des copains. Leur joie quand ils vont découvrir l'album ! Je sais déjà qu'ils vont se fendre la poire. Pour la première fois de ma vie professionnelle, je prends un risque en faisant preuve d'autodérision. Je me jette à l'eau et ça réveille !

Quand j'arrive à la librairie qui ne désemplit pas, je trouve Didier tout sourire, occupé à faire des papiers cadeaux. C'est le rush avant Noël, je lui fais signe pour les planches que je laisse derrière son comptoir et je file. Moi aussi j'ai à faire. Il faut que je dise au revoir à Arsène.

Dans une boutique d'encadrement j'achète de quoi mettre en valeur les premières et dernières planches d'*Arsène et les molécules*. Ce n'est pas à moi de les garder. Je tiens à les lui offrir comme le témoignage de mon amitié. Que son talent et sa malice s'affichent tous les jours, bien en vue sous ses yeux. Qu'il n'oublie jamais à quel point il est sensible et courageux. Ces quelques après-midis passés ensemble auront été incroyables à plus d'un titre, et c'est comme si, moi aussi pendant tout ce temps, j'avais reçu un traitement de choc. De l'humour par intraveineuse. Comme lui, sur la voie de la guérison. Et c'est à Arsène que je le dois. Merci mon pote. Je ne sais pas si on se reverra un jour, mais sache que je ne t'oublierai jamais. Peut-être que prochainement, dans quelques semaines, quelques mois ou quelques années, j'aurai le bonheur de te recroiser. Je te reconnaîtrai au premier coup d'œil, malgré tes cheveux retrouvés et ton visage sans cernes.

Ton regard lumineux est gravé en moi à jamais.

*Saint-Lunaire, Noël 2019.*

« Arsène,

Je tenais à t'offrir ces planches, j'estime qu'elles te reviennent plus qu'à moi. J'espère que dans leur joli cadre, elles trouveront une place sur les murs de ta chambre. Sache que j'ai été très heureux de faire ta connaissance et ce, en dépit des circonstances. Nous n'avons malheureusement pas eu l'occasion de nous dire au revoir, et je n'ai pas eu l'occasion de te remercier pour le merveilleux cadeau que tu m'as fait. Une très belle leçon d'humour. Avec toi Arsène, j'ai compris une chose essentielle : on n'est jamais aussi drôle que lorsque l'on rit de soi-même !

Je te souhaite une très belle et très longue vie et peut-être qu'on se verra au hasard d'une rencontre ou d'une dédicace autour de mon prochain album, *Courage, rions !*.

Merci mon ami.

Jean »

« Salut Jean, désolé pour la réponse tardive, mais j'ai été pas mal occupé à ma sortie d'hôpital. J'ai bien reçu les planches, j'avais oublié, elles sont trop dares !! Surtout avec le cadre. Merci. Ma mère m'a dit pour ton album, je suis content pour toi, dis-moi quand il sortira et surtout si tu fais des dédicaces un jour, moi et mes cheveux on viendra te voir, promis, Arsène.

PS : J'ai pas pécho Chloé, mais on a prévu de se voir plus tard à Paris. D'ici là, je serai redevenu un beau gosse ! »

DE LA MÊME AUTEURE
AUX ÉDITIONS DENOËL :

*Joyeux suicide et bonne année !*, 2016.
*Question de standing*, 2017.
*La Reine des quiches*, 2018.

Le Livre de Poche s'engage pour l'environnement en réduisant l'empreinte carbone de ses livres. Celle de cet exemplaire est de :
200 g éq. $CO_2$
Rendez-vous sur www.livredepoche-durable.fr

PAPIER À BASE DE FIBRES CERTIFIÉES

Composition réalisée par PCA

Achevé d'imprimer en mars 2021 en Espagne par
Liberdúplex - 08971 Sant Llorenç d'Hortons
Dépôt légal 1re publication : avril 2021
LIBRAIRIE GÉNÉRALE FRANÇAISE
21, rue du Montparnasse – 75298 Paris Cedex 06

59/1508/9